史上最強の大賢者、転生先がぬいぐるみでも最強でした
The Strongest Magical Teddy Bear!
1
ジャジャ丸
イラスト◎わたあめ

魔法使いになりたい！
ティアナ
大貴族のおてんば令嬢
レトナ

静かなる超人メイド
シーリャ
伝説のフェンリル
アッシュ
こう見えて最強賢者
ラルフ

『〝聖人賢者〟、ラルフ・ボルドーだ。
少しばかり魔力が多くなったからってイキがってる
クソガキを仕置きするために、
三百年前から蘇って来てやったぞ』
さながら、
神が発する光の輪のように、
魔法陣の輝きを背後に背負いながら。
俺は、そう名乗りを上げた。

プロローグ

見渡す限り広がるのは、魔物に埋め尽くされた果てしない平原。

狼、熊、鳥などといった動物型から、ゴブリン、オーク、コボルトなどの亜人型、果てはドラゴンにグリフォン、ヒュドラなんて伝説級の大物まで。

普段なら緑豊かな草花が広がる穏やかな大地が、今や血と肉と悲鳴を撒き散らす地獄絵図へと変わり果てている。

「だぁーっはっはっは！　くたばれ魔物ども‼」

主に、俺の放つ魔法によって。

腕を振るう度放たれる爆炎と氷嵐の渦に魔物達が呑まれ、跡形もなく消し飛んでいく光景を前にして、傍《かたわ》らに佇《たたず》む幼い弟子が何ともげんなりした表情で肩を落とす。

「師匠ぉ、そういう悪役染みたセリフは止めてっていつも言ってるじゃないですか……何だかこっちが悪いことしてるみたいです」

「そうか？　俺としては結構楽しいんだけどな」

「この状況を楽しめるのは師匠くらいですよぉ……」

はあ～、とこれ見よがしに溜息を吐く弟子にそう言われ、俺は改めて自身の置かれた状況を整理する。

現在地は、アルメリア王国西部にある広い草原地帯。

まだまだ人の手が入っていない未開の地なんだが、そこに突如として魔物の大軍勢が出現した。

本来なら群れることもなく適当に暴れるだけの魔物達が、明確な意思を持って集団行動を取り、王都に向けて進軍を開始したのだ。

その報告を受けた王宮は、ついに魔王が本格的な侵攻を開始したぞと大混乱に陥った。

まあ、新たに誕生した魔王と人類が敵対して早数十年、ここ最近は小競り合いばかりで小康状態を保ってたから、油断もあったんだろう。ものの見事に後手に回ってしまい、軍の編制もままならない。

そこで、すぐに動かせる戦力として白羽の矢が立ったのが俺だった。

自他共に認める、王国最強の魔法使い。世界中のあらゆる魔法を習得し、大賢者の称号を手に入れた俺に。

「王宮の連中が助けてくれって言うから、こうして魔物狩りにやって来た。俺は新しい魔法の試し撃ちが出来てハッピー、王宮の連中は軍を動かすよりよっぽどやっすい金で魔物の大群が殲滅出来てハッピー。うん、何もおかしなことはない、いつも通りだな」

「数ですよ数!!　ざっと五千はいる大群を相手になんでそんなに余裕なんですか⁉」

「落ち着けニーミ、正確には四千とんで八七五体だ。五千じゃないぞ」

「細かい修正ありがとうございます!!」

怒りながらお礼を言うなんて器用な奴だな、なんて思っている間にも、魔物達は俺を食い殺さんと迫って来る。

それを魔法で順次打ち倒していく俺に、ニーミは尚も小言を繰り返す。

「まったくもう、師匠はそういうところがダメなんですよ。もっとその力をみんなのために使うとか、普段から礼儀正しく振る舞うとかすれば、既に教会に〝聖人〟として認定されるくらいの功績は残してるのに」

「やだよ聖人とか、めんどくさい」

聖人とは、教会が定めるアルメリア王国最高の偉人に贈られる称号だ。

この称号を手に入れた者は、時に国王にすら迫るほどの権威と発言力を有する絶対の英雄として、王国の歴史にその名を刻まれる……んだが、そこに付随するイメージが厄介なことこの上ない。

品行方正、清廉潔白、滅私奉公。そんな身の毛もよだつ小綺麗なお題目の体現者こそが聖人であり、王国のために文字通り身を捧げた者にのみその名は与えられる。ただ強いだけの俺には、一生縁のない称号だ。

だけど、それでいい。

「俺は聖人だの英雄だの、そういう重苦しい肩書には興味ないの。俺が目指すのはただ一つ、〝最強〟の二文字だけだ」

誰かの模範になるつもりなんてない。誰かを守りたいわけでもない。

俺はただ、誰よりも強く、誰よりも上に行きたい。王国最強なんて限定的なモンじゃなく、この世界で最強の存在に。

そんなガキの頃からのしょうもない夢を聞いて、ニーミはまたも深々と溜息を溢《こぼ》した。

「全く、師匠はまたそんなこと言って……そのうちあの子達に嫌われちゃっても知りませんよ？」

「そう言われても、そもそもなんであいつらが俺なんかに懐いてるのかも分からんのだが」

ニーミの言う〝あの子達〟とは、俺に何かと付き纏ってくる子供達のことだ。

理由も立場も様々だが、俺の弟子にして欲しいと自ら押し掛けて来た奴が多いな。

正直、ニーミを教えるだけでもいっぱいいっぱいだし、これ以上弟子を取る気はないってハッキリ伝えてあるんだが……一向に諦める様子がない。それどころか、俺としては結構雑な扱いをしてるつもりなのに、今ではすっかり懐かれてしまっている。

ニーミもそうだけど、本当にガキの考えることはよく分からん。

「はぁ……それが分からないから、師匠はいつまで経っても恋人の一人も出来ないんですよ」

「大きなお世話だ」

呆れの視線を向けられて、俺は盛大に顔を顰《しか》める。

こいつ、ここ最近すっかり俺の保護者みたいな感じになりやがってからに……いや、遥か年下の弟子に家事全般任せっきりな時点で、今更かもしれんけど。

「ま、まあ……師匠が売れ残るようなら、私が貰ってあげてもいいですけど……なんて……」

「ん？　なんか言ったか？」

「なんでもないです‼　師匠のバカ‼」

小声で聞き取れなかったから聞き返したら、なぜか怒られた。解せぬ。

「そんなことより、戦闘に集中してください‼　討ち漏らしが出たら危ないですから‼」

「そうは言っても、もう終わるぞ。ほら」

俺が顎で指し示す先には、あれだけいた魔物が既にあらかた討伐されきっていた。

事前に魔法で大規模な土壁を作っておいたから、俺を無視した進撃による討ち漏らしもない。

これなら完璧だろ。

「……あれだけ大量の魔物を、どうして会話しながら片手間に処理出来るんですか……本当に師匠は規格外です。今度こそ手伝えると思ったのに……これじゃあ、せっかく覚えた魔法をいつまで経っても披露出来ないじゃないですかぁ」

「ははは、まあそう拗ねるなよ。これが終わったらまた串焼きでも奢ってやる……から……」

いつもより多少面倒で疲れたけど、これもまたいつも通りの仕事。いつも通りのやり取り。

そう思っていた俺はしかし、不意に感じた魔力反応にぶわっと全身が総毛立つのを感じた。

「師匠？　どうかしま……した……？」

俺から少し遅れて、ニーミもそれに気付いたんだろう。表情を青褪めさせ、ガタガタと震えだす。

「師匠、この魔力は、一体……？」

「……来る」

ニーミが疑問を口にすると同時、俺達の前で唐突に空間が〝裂けた〟。

あまりの事態に驚き固まっていると、裂け目から〝何か〟が這い出して来る。

それを直接目にしたのは、当たり前だが生まれてこの方初めてのこと。伝え聞く姿も尾ひれに背びれ、オマケに胸びれまで付いてくるくらい判然としないし、何なら本当は存在しないいんじゃないかとすら言われていた。

でも、実際に対峙した今、理屈なんて抜きにして本能で分かる。

人の身にはあり得ない莫大な魔力と、圧倒的なプレッシャー。

辛うじて人型ではあるものの、見上げるようなその巨体はこの世の闇全てを凝縮したかのように真っ黒で、生物なのかどうかすら疑わしい。

魔物達を統べる王にして、人類の宿敵。

こいつこそが──魔王なのだと。

「ははっ……！　まさか、いきなりこんなところに現れるなんてな……!!」

長年、人類の誰もがこいつを打ち倒さんと夢見、ついぞ叶わなかった最強の敵。

俺が最強になるために、いつか越えなきゃならない相手だとは思ってたけど、まさかそっちから来てくれるとは思わなかったぜ……!!

「ニーミ、こいつは俺が相手をする。その間に逃げろ」

「逃げろって……まさか、一人で魔王と戦う気ですか⁉　いくら師匠でも、そんなの無茶です‼　魔力だって消耗してるのに……‼」

「やってみなくちゃ分からねえだろ？　それに……もう王国の中にまで攻め込まれたんだ、誰かがここで食い止めなきゃ、間違いなく大勢の人が犠牲になる。そうなる前に、ニーミには近くの町や村で避難指示を出しといて欲しいんだ。頼めるな？」

「っ……‼」

まあ、自分で言ってて何だけど、実のところ大勢の犠牲云々は建前だ。俺は見知らぬ誰かのために命を懸けられるほどお人好しじゃない。

ただそう、これまでずっと俺を慕ってきてくれた弟子くらいは守ってやらなきゃ男が廃《すた》るってもんだろ？　それに。

――魔王と俺、どっちが強いかタイマン張って決められる機会なんて、この先もう二度とないかもしれない。こんなチャンス、逃してたまるか！

「……分かりました、私、みんなを避難させて、すぐに助けを呼んできますから‼」

「おう。心配すんな、避難は保険だ。俺一人で魔王をぶっ倒してやるから、期待しとけよ‼」

「はい……！　師匠、どうかご無事で……！」

それだけを言い残して、ニーミは風の魔法による飛行で飛び去っていく。

それを見送った俺は、改めて魔王と向き合った。

「よお、待っててくれた……ってわけじゃなさそうだな」

俺とニーミが話している間、魔王はひたすらその溢《あふ》れる魔力で配下となる魔物を産み出していた。

百、千、万……まだ増えるな。命を創る魔法とは、本当にとんでもない力だ。使い魔とも違うみたいだし、厄介な。

「流石《さすが》にこの数はキツいけど……いいぜ、やってやらぁ!!」

こうして、俺と魔王の軍勢との激闘が始まった。

さっきはすぐ傍にニーミがいたから遠慮していた上級魔法を連発し、津波の如く押し寄せて来る魔物達を消し飛ばす。

爆炎が大地を舐め、業風が刃となって荒れ狂い、激流が全てを呑み込みながら極寒の冷気を伴い氷像と化す。

地獄の光景を更なる地獄へと作り変え、無限に湧き出す魔物を処理しながらも、意識の大半は魔王との戦闘に割かなきゃならない。

万を超す魔物を平然と作りながらも、その体から放たれる魔力は衰えることを知らず、魔法の一発一発が俺の上級魔法と拮抗するほどの威力を持つ化け物。

辛うじて食い下がってはいるが、みるみるうちに消耗していく俺と違い、魔王の方は全くと言っていいほど魔力の底が見えない。

一体、どうやったらこうも大量の魔力を保持出来るんだか。物理限界を超越してないか?

「……いや、そうじゃないのか?」

そうして戦い続けることしばし、俺はようやく魔王の力の源に気が付いた。

こいつは、魔力が無限なんじゃない。死んだ魔物や効果を終了させた魔法から大気中に撒き散らされる魔力の残滓、それを取り込むことで再利用してるんだ。

そうと分かれば、やることは一つ。

「その魔力、俺にも寄越せ!!」

魔王の力を解析し、俺もまた周囲に撒き散らされた魔力を奪い取る術を身に付ける。

解析は得意だからな。俺の手持ち魔法の大半が、他人の力を読み取って覚えたもんだし。

今回も、今までとやることは変わらない。こいつの力で、俺はもっと強くなる!!

『────!?』

ここに来て、魔王から初めて驚愕したような気配が伝わってくる。俺に自慢の力をパクられたのがよっぽどショックだったらしいな。

「さあ、こっからは魔力の奪い合いだ……!! 最後に立ってるのはどっちか、勝負といこうぜ!!」

魔王が放つ魔物と魔法の物量と、俺が放つ上級魔法の威力と破壊規模は拮抗してる。なら、後はどっちがより多くの魔力を相手から奪い、利用し尽くせるか。シンプルな魔力操作技術の勝負だ。

幾度も激突する魔力の奔流が地形を変え、気候を変え、お互いの体と命を削り合う。

無限に続くかに思えたその対決はしかし、唐突に終わりを迎えた。

「はあッ、はあッ、はあッ……!! げほっ、ごほっ!!」

俺の、敗北で。

「はあ、ちくしょう……悔しいな、この野郎……」

最後に明暗を分けたのは、魔力操作より尚シンプル。純粋な体の強度だった。

拮抗した力同士がぶつかり合えば、より打たれ弱い方が負ける。当然の結果だ。

「ああ、認めてやる、今回は俺の負けだ……」

既に体はボロボロ。片腕はどっかに飛んでったし、腹に空いた風穴から血が止まらない。俺はもう、そう遠くない内に死ぬだろう。

「だけど……次は負けねえ……!!」

戦場に残る魔力をかき集め、俺は人生最期となる二つの魔法を発動した。

一つは、魔王を異次元の彼方に閉じ込める封印魔法。

もう一つは——俺の魂を次代に繋ぐ、転生魔法だ。

『————!?』

「ははっ、逃げようとしたって無駄だよ。お前ももう限界なんだろ？　さっきから新しい魔物だって作ってねえしな」

魔力の再利用と言っても、無限に出来るわけじゃない。取り零した魔力はどんどん霧散して手が届かなくなるし、集められる範囲だって疲労と共に縮小していく。事実、少し前から俺も魔王も大規模な魔法は使えなくなっていたしな。

だから、命を燃やし尽くして発動するこの魔法から逃れる術も、もはや魔王にはない。

「今回は負けたけど、決着はお預けだ。転生が上手くいったら、今度こそこの手でてめえをぶっ倒しに行ってやる。次元の果てで、首を洗って待っていやがれ……!!」

戦場に展開された巨大な魔法陣が、魔王の体を呑み込んでいく。

それを見届け、ふっと笑みを浮かべながら——俺もまた力尽き、魔法陣へと身を委ねるように目を閉じるのだった。

GC NOVELS

史上最強の大賢者、転生先がぬいぐるみでも最強でした

The Strongest Magical Teddy Bear!

1

ジャジャ丸

イラスト◎わたあめ

1

（……おっ、上手くいったか？）

魔王との激闘から、果たしてどれくらいの月日が経ったのか。

一瞬のような、何百年も経ってしまったかのような不思議な感覚の中で目を覚ました俺の前に広がっていたのは、一面の青空だった。

よしっ、転生に成功したみたいだな。いやー、封印魔法と違ってこっちは実験のしようもなかったし、成功するかは賭けだったけど、上手くいって良かった良かった。

（さて、まずは状況の確認を、と……？）

なんで俺、屋外にいるんだ？　転生魔法の効果で予定通り赤子に生まれ変わったなら、誰かしらの見知らぬ家の中で目を覚ますと思ってたのに、ここはどう見てもどこかの路地裏だ。

更に言うと……、

「ガウッ！　ガウッ！」

（犬、でかくね？　というかなんで俺、犬に振り回されてんのに痛くないの？）

俺は現在、野良犬らしき犬っころに噛み付かれ、思い切り振り回されていた。

人の子供から見れば、まあ犬がでかく見えるのは分からないでもない。けど、そんなでかい犬に噛まれてるのに全く痛くないのはいくらなんでもおかしいだろ。

手足も全く動かせないし、声も全く出ないし……更に言えば、生物であれば必ず宿している
はずの魔力すら感じられない。
どういうことだと視線を巡らせていると、ふと近くに水溜まりが見えた。
雨上がりなのか、そこそこ大きな水面にバッチリと映っているのは、哀れ犬に弄ばれる俺の
姿。
如何にも凶悪そうなギザギザな歯に、目玉を象った刺繍とボタンが一つずつ、茶色い毛皮に
モフッとした柔らかボディ。
子供達が大好きな、熊のぬいぐるみ。それにどうまかり間違ったか、ショボイ三文芝居に出
てくる悪役みたいな謎の改造を施したブサイク人形だった。
(って、なんでじゃあああ⁉　おかしいだろ、確かに転生させた魂が入り込む器までは魔法
で指定出来なかったけど、だからってなんでぬいぐるみ⁉　せめて生き物にしてくれよ‼)
生き物なら、多少なりとも魔力が宿る肉体なら、それをもとにして行動することも出来ただ
ろう。
でも、ぬいぐるみの体じゃ魔力なんて全くのゼロ。そもそも自力で動くことも出来やしない。
だったらなんで今こうして物を見たり聞いたり出来るのかって話だが、ぶっちゃけそんなこ
と今はどうでもいい。
「ガウッ！　ガウッ！」
(ぬおおお‼　やめろぉぉぉぉ‼)

クソ犬の狩猟本能でも刺激してしまったのか、俺の体は唾液塗れの顎になすすべなく振り回される。このままだと、転生早々犬のせいで死亡なんてことになりかねない。

いや、ぬいぐるみの体で死ぬとかあるのか知らんけど。首取れたら死ぬのか？

気にはなるけど自分の体で試すなんてごめんだし、早くどうにかしないと……！

「こーら、めっ、ぬいぐるみ苛めちゃダメでしょ」

（ん？）

どこかに突破口はないか、綿しか詰まっていない頭をフル回転させていると、背後から幼い少女の声が聞こえて来た。

玩具代わりの木の枝と引き換えに助け出してくれた少女は、去っていく犬を見送ると、俺の体についた汚れを拭き取ってくれる。

「うーん、所々解《ほつ》れちゃってるけど……これくらいならお母様が直せるかな？」

まず目についたのは、太陽の光を受けて煌めく白銀の髪。

白のドレスに身を包み、青いリボンをあしらったその姿はさながら雪の妖精のようでいて、ぱっちりとした碧の瞳が意志の強さを感じさせる。

年齢は十二、三歳と言ったところだろうか？　体の発育はまだまだこれからって感じだけど、顔立ちは整ってるし将来は間違いなく美人さんになるだろうな。

そして何より驚かされるのは、容姿よりもむしろその小さな体に秘めたる魔力量。こうして触れ合うだけで伝わって来るそれは、現時点で既に俺の知る限り十本の指に入るレベル。年齢

を考慮すれば、下手すると俺よりも凄まじいんじゃないだろうか？

そんな少女が、ボロボロに薄汚れた俺の体をそっと抱き、にこりと愛らしい笑顔を向けてくれた。

「痛かった？　もう大丈夫だから、安心してね」

2

どうやら、少女は俺を家に連れ帰ってくれるつもりのようで、胸に抱いたまま鼻歌交じりに町を歩いていた。

立ち並ぶのは、簡素な木造の住宅がメイン。ちょっとした店なんかもあるにはあるけど数が少ないし、それほど裕福な町じゃないのかもしれない。道行く人が着ている服もボロが多いし、そんな中で身綺麗な少女は少しばかり浮いていた。

「あら、ティアナ様お散歩ですか？　雨上がりですから足元に気を付けてくださいね」

「はーい、ベルメールさんもお掃除大変でしょうけど、頑張ってください！」

「ティアナさまー！　これ、さっきあっちできれいなお花見つけたの、ティアナさまにあげる！」

「わぁ、ヒナちゃん、ありがとう！」

「えへへ……あれ、ティアナさま、そのぬいぐるみは？」

「これはね、今そこで拾ったんだけど……ヒナちゃんはどこかで見たことある?」

「ううん、しらなーい」

「そっかぁ、教えてくれてありがとね、ヒナちゃん」

ただ、そんな格差があって尚、少女――ティアナというらしい――は町の人達に慕われているようだ。先ほどから、道すがら出会う人々と明るく挨拶を交わしている。

(見たことない町だけど、良い雰囲気だな。治安も悪く無さそうだし、領主がよっぽど善政を布いてるのか)

ただ……と、俺は町の中央辺り、ちょっとした広場になっているそこに堂々と鎮座する物体を見て、何とも微妙な気分になった。

(あの銅像は一体なんぞ? 魔法使いみたいだけど、無駄に凝ってるしかなり金掛けてんな……やたらとイケメン面なのがまた腹立つ。ポーズも無駄にカッコつけちゃってまあ……こんな銅像作られた日には、俺だったら恥ずかしくて二度と町歩けないね。しかも好き好んで町の真ん中に設置するとか、よっぽどの馬鹿か変人に違いない)

名のある職人に作らせたんだろう、杖を構えたその男の像は、今にも動き出して魔法すら放ちそうな、躍動感に満ち溢れている。

ただなぁ、こういうのを作らせる人間って、大体が虚栄心に塗れたクソ野郎って相場が決まってるんだよな。かかってる金額からして領主以外考えにくいけど、果たしてそんな人間が民から慕われるような善政なんて布けるんだろうか? ちょっと信じがたい。

まあ、町の人達は嫌がるどころか、通りすがりに祈ってるくらいだし、少なくともこの町に限っては俺の偏見なんだろうけどさ。

「お父様、お母様、ただいまー！」

そんな広場を抜けて少し歩いた場所にあった、町の中でも一番大きな建物。どうやらここがこの子の家らしい。

……立地と外観、それにちらほら見える使用人の姿。これ間違いなくこの町の領主の屋敷だよな？　ってことは、この子領主の娘なのか。

やべえ、さっきの銅像内心でめちゃくちゃバカにしてたけど、実はこの子のお父さんだったりするんじゃないか？　直接口に出してないとはいえ、悪い事言っちまったな……。

「ああ、ティアナ、お帰り」

「お帰りなさい、ティアナ。どこへ行っていたの？」

と思いきや、家の中でティアナを出迎えた両親は、どちらも銅像とは似ても似つかない、優しそうな風貌の人達だった。

男性の方はそもそも魔法使いじゃなくて騎士っぽいし、女性の方はティアナによく似た銀髪の美人さん。この子が順当に成長したらこうなるんだろうなって感じの人だ。この二人をどう見間違えたところで、ああはならないだろう。

しかしそうなると、あの銅像は一体誰なんだ？　この町の創始者の像とかか？

それならまあ、わざわざ金かけて銅像なんて作らせるのも分からないでもない。

「ちょっとお散歩！　それよりお母様、見てこのぬいぐるみ！　拾ったんだけど、お母様なら直せないかな？」

「どれどれ……そうね、これくらいなら大して時間もかからず直せるわ。でもティアナ、あまり変な物を拾ってきてはダメよ？　誰かが落とした物でしょうし」

「直したら落とした人がいないか探してみる！　こんなに可愛いぬいぐるみだもん、きっと落とした人が悲しんでるもんね」

「かわ……？　そ、そうね。じゃあ、せっかくだしティアナがやってみる？　私が教えてあげるから」

「うん、頑張る！」

疑問を覚えている間に話がまとまったようで、屋敷の奥、恐らく女性の私室へと持ち込まれた。

使い込まれた裁縫道具が用意され、母娘二人であれこれと話しながら俺の体をチクチクと縫い合わせていく。

正直、意識がある中で体を縫われるってめちゃくちゃ恐怖体験なんだが、痛みがないから慣れれば何も問題なかった。

むしろこう、なんて言うんだろうな？　体があるべき形に戻っていくような、しっくりと収まる感じがして何だか心地よい。

それに……、

「んしょっ、んしょっ……」

ティアナが一生懸命針を動かし、俺の体を縫い合わせるのに合わせて、溢れる魔力が染み渡っていく。

これだけあれば、もしかしたら今の俺でも自由に体を動かせるかもしれない。

完全に他人の魔力だけで魔法を発動するなんて初めてだし、上手くいくか分からないけど……時間はあるんだ、ティアナが頑張ってるうちにどうにか感覚を掴もう。

「……よしっ、出来た！　出来たよお母様！」

「うん、上手に出来たわね。偉いわ、ティアナ」

「えへへ……！」

そうこうしているうちに、ティアナの方もやり遂げたらしい。女性に頭を撫でられ、嬉しそうに表情を緩めている。可愛い。

何ともほっこりする母娘のやり取りを見て癒やされていると、ティアナは俺を抱き締めながらふと思いついたように首を傾げる。

「そういえば、この子なんて名前なんだろう。どこかに書いてあったりしないかな？」

「名前なんてあるのかしら？　せっかくだし、ティアナがつけてあげてもいいんじゃない？　落とし主が見つかるまでの間だけってことで」

「でも、この子だって出来れば本当の名前で呼んで欲しいはずだよ。ねー？」

『まあ、確かにそれはそうかもしれないな』

「「えっ？」」

答えが返って来るとは思わなかったんだろう。ティアナも、その母親も言葉を失う中で、俺はようやく使えるようになった魔法で手足を動かしながら、すたりと床の上に降り立ち、名乗りを上げる。

『俺の名前はラルフ・ボルドーだ。助けてくれてありがとな、ティアナ』

風の魔法で声を作り、念動で小器用に少しだけ表情を作ってみせながら、軽くドヤっと胸を張る。

そんな俺を前にして、ティアナとその母親は目を丸くして驚きを露わにするのだった。

3

「ラルフ・ボルドーって、あの大賢者の⁉　魔物の軍勢を率いて攻め込んできた魔王をたった一人で討ち滅ぼした、アルメリア王国が誇る〝聖人〟の一人じゃない‼　その魂が宿ったぬいぐるみなんて……‼　あなた、あなたーー‼　ティアナが凄い物を拾ってきたわよーー‼」

『…………』

俺が何者なのか、どういう経緯でぬいぐるみになってしまったのか。そうしたことを一通り説明したところ、ティアナの母親――サーナはそれをあっさりと信じ、興奮冷めやらぬといった様子で駆け出していった。

いや、うん。自分で言っておいて何だが、そんなあっさり信じていいのか？　こんなブサイクなぬいぐるみが大賢者を名乗るって、我ながら大分間抜けな絵面だと思うぞ？

しかもこの人今聖人っつった？　どこの誰と勘違いしてんだ、俺は聖人なんかじゃねえぞ。

ここの主人がどんな人か、さっき少し見ただけだからまだ分からないが、流石に呆れられるんじゃ……。

「なんと⁉　ラルフ様の魂が宿ったぬいぐるみだって⁉　こうしちゃいられない、すぐに領内に、いや国中にお触れを出さなければ‼　聖人の帰還だぁ‼」

『いや待てぇ‼』

呆れられるどころか、サーナに呼び出されてやって来た男はあっさりと信じやがった。

いや、百歩譲って奥さんはいいとして、領主までそんなんでいいのか⁉　しかもやっぱり聖人扱いしてるし‼

「お父様もお母様も、ラルフ様の大ファンだから。ぬいぐるみが喋ってる時点でそもそもおかしいし、ラルフ様なら仕方ないって感じじゃないかなぁ」

『そ、そうなのか……なあ、この二人が言ってる聖人って、教会が定める〝あの〟聖人で合ってるんだよな？　俺、今の時代ではどう語り継がれてんだ……？』

おかしなテンションになっている両親を余所《よそ》に、割と平静さを保っているティアナにそう問い掛けた。

確かに、ただ動くだけならまだしも、自力で魔法を使って喋るゴーレムなんて俺も聞いたことないが、俺なら出来てもおかしくないみたいな評価が凄く気になる。

俺、教会の連中からは結構嫌われてたはずなんだが？　いや、ちょっとした喧嘩で神像を吹っ飛ばしちまったりしたから、それは仕方ないんだけどさ。

そんな俺の疑問に、ティアナは何の気なしに答える。

「どうって、魔王を倒した英雄？　困っている民を見ては無私の精神で手を差し伸べ、いかなる命に対しても慈愛の心を忘れない偉大な人だって、小さい頃からたくさん聞かされたよ。この町の人ならみんな知ってる」

『いやもう、誰だよそれ。そんなの俺じゃねーよ』

なるほど確かに、ティアナの言う通りの人物がいるなら、それは紛れもない偉人だよ。聖人認定も納得だ。

でも俺はそんな出来た人間じゃねーから。普通にロクでなしだから。

「それに、ここはラルフ様が魔王と戦った決戦の地だって言われてるし、ラルフ様の銅像とか、ラルフ様の慰霊碑とか、ラルフ様に関わる物がいっぱいあるよ」

『いや待て、銅像ってまさか広場にあったアレのことか⁉』

「うん」

当たり前のように頷くティアナを見て、俺は思わず頭を抱えた。

アレのどこが俺だ⁉　美化し過ぎだろ、あんなイケメンじゃねーよ生前の俺は‼

「そうです‼　この地はラルフ様の偉大なる功績を讃えるために作られた町なのです‼　あ、

申し遅れました、私クルト・ランドール。ランドール男爵家の当主をしております」

『お、おう、よろしく』

大仰な仕草で語り出したかと思いきや、一気に落ち着き払った態度で自己紹介を始めるティアナの父、クルト。

テンションの落差が激し過ぎて風邪引きそうだよ。いやぬいぐるみが風邪なんて引かないだろうけども。

「三百年前に突如として王国に現れた魔王という圧倒的暴威、数百万を超す魔物の大軍勢‼ その力を前に誰もが絶望に沈む中、ただ一人立ち上がったラルフ様がその身を犠牲に魔王を打ち倒し、王国を救ったというのはあまりにも有名な逸話‼ この町に限らず、アルメリア王国民にとってラルフ様は紛れもない聖人です、知らぬ者などおりますまい‼」

『なあティアナ。お前の父さんって普段からこんなにテンションのアップダウンが激しいのか？』

「ラルフ様が関わると大体こうだよ」

『マジかー……』

俺だって男だし、ちやほやと持て囃されることへの憧れが全くなかったと言えば嘘になるけど、こうも熱狂的なファンがつくのはちょっと考えものだぞ。

つーか話盛り過ぎだよ。数百万ってなんだ、俺が倒した魔物なんて精々数十万だよバカ野郎！　いくら三百年経ってるからって、桁ごと間違えるやつがあるか！

それに何より……魔王はまだ倒してねえ!!　封印しただけなんだよ!!

「私に限った話ではありませんよ？　ラルフ様の活躍をもとにして作られた演劇や詩などは数知れず、見世物をするとなれば必ずや鉄板ネタとして登場するほどの人気ぶりです」

『は？　演劇？　詩？』

「はい、私もよく観に行きます。特に魔王との決戦直前、弟子であったニーミ様に『ここで俺が食い止めなければ、大勢の人が犠牲になってしまう。たとえこの身が朽ちることになろうとも、それだけは断じて認められない。何より……愛するお前を失いたくない』と想いを打ち明けるシーンなど、涙なしでは到底……」

『だぁぁぁぁ!?』

演劇の内容を思い出しているのか、どこか遠くを見つめながら語られるクルトの言葉に、俺は思わず絶叫した。

えっ、何？　俺ってそんなところまで知り尽くされてるの？　劇になって王国中に？

しかも変に美化されてるのが余計恥ずかしい!!　俺別にそこまで崇高な理念で戦ったわけじゃないから!!　朽ちるつもりなんて毛頭ないまま挑んであっさり死んだだけだよちくしょう!!

それに何、俺ってニーミの奴に惚れてたことになってんの!?　いや確かに、魔法以外のことはガサツで家のことはほぼニーミに任せっきりだったし、そんな俺を見て「いい嫁さんがいてよかったな（笑）」なんてのたまう奴もいたりしたけど……俺達そういう関係じゃねえから!!

むしろ、毎日毎日めちゃくちゃ罵倒されてたし、魔法のことがなかったら絶対嫌われてるよ俺!!

　あれ？　自分で言っててなんか涙が……ぬいぐるみの体で涙なんて出ないけど。

「そんなわけでして、ラルフ様が蘇ったと分かれば、王国民全員が喜ぶのは間違いありません！　ここは一つ、ラルフ様専用の神殿を建て、皆が崇めに来られるようにしては如何《いかが》でしょう⁉」

『おいバカそれは洒落にならんからやめろ。それに、そんなことしたら修行する暇がなくなるだろうが』

　確かに、聖人に認定された奴は死後、神の使徒として召し上げられるなんて胡散臭い教えもあって、神殿に所縁の品が納められ、崇められる例はある。

だけど、いくらなんでも専用の神殿なんて聞いたことない。聖人はあくまで使徒であって神じゃないんだ、教会に喧嘩売る気かこいつは。

　それに何より、クルト一人でも聞いててこんなに疲れるのに、もし同じように、美化された俺に憧れた人が詰め掛けて来たらと思うとゾッとする。

　俺はただ、誰よりも強くなりたいだけの一般男子だ。ただでさえぬいぐるみになって想定以上に弱体化してるんだし、また強くなるためにも静かに修行させてくれ。

　そんな俺の思いは果たして、ちゃんと伝わったのかどうか。クルトはぶわっ！　と泣き出した。

　いや、なんで⁉

「まさか、ラルフ様ほどのお力を持ちながら、まだ更なる高みを目指そうとは……!! 決して驕らず研鑽を続けるその飽くなき向上心、感服致しましたぞ!! 分かりました、あなた様がラルフ様であるという事実、ランドール家一同必ずや墓場まで持っていきます!!」

『えーっと……もう、いいやそれで……』

クルトの中で俺が神格化されてるのはもはやどうしようもないし、この流れが他に波及しないならひとまずはよしとしよう。

色々と諦めただけとも言うけど。

「でも、ニーミ様には伝えて差し上げた方がいいんじゃないかしら？ ほら、ラルフ様のお弟子さんなんですし」

『……ニーミの奴、まだ生きてるのか？』

「ええ。今は王都にある魔法学園で学園長をなさっているはずです」

サーナから伝えられた朗報に、俺は内心で少しばかり頬を緩める。

そうか、まだ生きてたか。エルフの寿命は千年近くあるって言われてるし、あいつは当時まだ十代だった。

今が魔王との決戦から三百年後だっていうなら、生きていてもおかしくないとは思ってたけど……実際にそれを聞かされるとやっぱり嬉しい。

『出来れば会いに行きたいところではあるけど、この体だしなぁ』

三百年程度で緩むほど柔な魔法じゃないとはいえ、魔王の封印のこともあるし……なぜかやたらと美化されてる俺の逸話についても聞きたいことがある。

それに……あいつは自分で作ったゴーレムなんかを操作する、人形魔法が得意だった。もしかしたら、ぬいぐるみになった今の俺が魔力を取り戻す手掛かりになるかもしれない。

そういうわけで、出来ればすぐにでも会いに行きたいんだが……困ったことに、ぬいぐるみの俺には自力で王都まで辿り着く手段がない。

今喋れているのもティアナの魔力を借りているお陰だし、もしティアナから離れて単独で動けば、どれだけ節約したところで一日持てばいい方だろう。王都に行くなんてとても無理だ。

「なら、私と一緒に魔法学園に行こう！」

『ティアナと？』

「うん。私も三ヶ月後には魔法学園に通うことになるから、連れていってあげるよ」

『お、マジか。それはありがたい』

自力で移動出来ない俺にとって、事情を理解して連れ回してくれる存在は必須だからな。ティアナが一緒にいてくれたら心強い。

「でも、ラルフ様だっていうのは隠さなきゃダメなんだよね？　なんて呼んだらいいの？」

『んー、何でもいいっちゃいいんだが……』

「じゃあ、ラル君でどう？」

俺が迷っていると、ティアナがスパッとそう決めてくれた。

ラルフを縮めてラル君ね、まあ悪くないな。

「こらティアナ、ラルフ様をそんな馴れ馴れしく呼んでは……」

『いや構わねえよ。つーかあんたらもその恭《うやうや》しい態度は人前では遠慮してくれ、頼むから』

「ラルフ様がそう言うのであれば仕方ないですね……」

渋々、本当に渋々といった様子で了承するクルトの姿に、俺のみならずティアナまで苦笑いを浮かべる。

ともあれ、これでひとまずの方針は決まったな。

まずは三ヶ月後、ティアナと一緒に王都にいるニーミに会いに行く。それまでは、ここで少しでも全盛期の力を取り戻す術を探してみよう。

いずれ、魔王へのリベンジを果たすために。

『それじゃあティアナ、これからしばらく世話になるけど、よろしくな』

「うん、よろしくね、ラル君！」

4

ランドール家一同の話し合いを終えた俺は、ティアナに頼んで屋敷の裏庭にあるという訓練場へ足を運んで貰った。

理由は一つ、今の俺がどれくらいの力を発揮可能なのか確認しておくためだ。

まあ、ティアナの魔力ありきで、だけど。

『じゃあティアナ、俺に魔力を流し込んでくれるか？』

「うん、こんな感じでいい？」

ティアナの俺を抱き締める力が強くなり、全身に魔力が満ちていくのを感じる。

うおぉ、意識的に流されるとここまで多いのか。やっぱりティアナの魔力量、子供とは思えないくらいとんでもないな。これなら――

『《火球《ファイアボール》》!!』

ティアナに注いで貰った魔力を利用し、魔法名を唱えながら魔法陣を展開。正面に見える的代わりの丸太に向け、炎の球を撃ち出した。

轟音、そして爆発。着弾と同時に粉々に吹き飛んだそれを見て、俺は小さく舌打ちする。

『やっぱり他人の魔力限定だと精度も威力も落ちるな……どうしたもんか』

一応、周囲の影響を考慮して抑え気味に放った初歩の魔法とはいえ、消費魔力に対して威力が低すぎる。

魔王と戦ってた時は、俺個人の魔力を〝核〟にして制御してたからな……ぬいぐるみになった今、また一から戦い方を考え直さないと、とても魔王へのリベンジどころじゃない。

ただ、どうもティアナにとっては違ったらしい。

「い、今の、本当に私の魔力で撃ったの……？」

『ん？　そうだけど、やっぱり弱かったか？』

「逆だよ!!　こんなに強い《火球《ファイアボール》》、私初めて見た……！」

この程度でそんなに驚くなんて、変な子だな。

『大袈裟だよ、これくらいの魔法が使える奴なんて、探せばいくらでもいるはずだぞ』

「で、でも、前に王都の魔導士団の訓練風景を見たことあるけど、もっと弱かったよ？」

『……ん？』

ティアナの言葉に、俺ははてと首を傾げた。

魔導士団は、俺のいた時代からあるしよく知ってる。

単に魔法を使える人間を魔法使いと呼ぶのに対して、魔法を仕事……特に戦闘や軍に関わることに利用する一種の職業軍人、それが魔導士だ。

国防の要である彼らはエリート揃いで、一応は俺もそこに所属していたから、連中の強さについてはよく分かっているつもりだ。

それが、この程度の魔法も使えない？　そんなバカな。

『外向けにわざと弱く見せてんのか、それとも本当にレベルが下がってんのか……またニーミに確認しなきゃならないことが増えたな』

「ラル君？」

『ああいや、こっちの話だ。それよりティアナ、参考までにお前はどれくらい魔法が使えるんだ？』

あまりこの場で断定するのも良くないかと、強引に話を逸らす。

ただ、その方向がよろしくなかったようで、ティアナは少しばかりその表情を曇らせてしまう。

「その……私、魔法が使えないの。訓練は、してるんだけど……」

『使えないって、全くか？』

「うん」

こくりと頷くティアナを見て、俺は今日何度目かも分からない驚愕に見舞われる。

ティアナの魔力量からして、てっきり使えるもんだと思ってたんだが……全く使えないってマジか。

「だから、他の貴族には落ちこぼれのランドールって、よくバカにされてるんだ。私の出来が悪いのは本当のことだし、仕方ないんだけど……」

俺の体を一際強く抱きながら、ティアナは悲しげに顔を伏せる。

「……私も、ラル君くらい強ければな……」

無意識のうちに零れたのか、小さな呟きがやけに響く。

本人も聞かせるつもりはなかったんだろう、途端に慌て始めたティアナの頭を、俺はポンポンと優しく撫でた。

『言いたい奴には言わせとけ。少なくとも俺は、ティアナが落ちこぼれだなんて全く思わない』

「え……？」

俺の言葉が予想外だったのか、ティアナはキョトンとする。

魔力量を増やすには、体力と同じように何度も繰り返し魔力を消費しては回復する、地道な反復練習が欠かせない。それを実行する上で、魔法が使えないっていうのは相当なハンデになるはずだ。

それを覆し、ティアナはこの歳で信じられないくらい莫大な魔力をその身に宿してる。これは間違いなく、この子自身の努力の証。他の誰にも真似できない、この子だけの〝才能〟だ。

『俺が今、こうして自由に話せるのはティアナのお陰だ。だから自信持て、な？』

「ラル君……うん、ありがとう！　えへへ」

嬉しそうに笑うティアナが、俺の体をぎゅうぅっと抱きしめる。

ううむ、ぬいぐるみの体だからか、潰されても別に痛くはないんだが、ちょっとばかり息苦しい。

これが子供に遊ばれるぬいぐるみの気持ちか……何とも複雑だ。

取り敢えず、解放して貰うためにも少し話を変えよう。

『それに、俺に魔力を流し込むことは出来るんだし、魔力を使っての身体強化くらいは出来るんじゃないか？』

「身体強化？」

『ああ。練り上げた魔力を体内で循環させて、特定の部位に集中することで身体能力を引き上げる……まあ、魔法の基礎の基礎みたいなもんだな』

魔法陣も詠唱もいらない、魔法使いにとってもっとも身近な自衛手段として知られる魔法だ。

生物であれば、魔物や人間に限らずただの動物ですら大なり小なり無意識にやってることだから、人によっては魔法扱いすらされない技術だけど……知らないよりはいいだろう。

『最初は俺が魔力を動かしてやるから、慣れたら自分でやってみな』

「うん、分かった！」

素直に頷くティアナに、俺はしめしめと内心でほくそ笑む。

どうも俺の魔法は目立ち過ぎるようだし、クルトみたいな狂信者を増やさないためにも、出来れば使いたくはない。かと言って訓練を欠かすのも嫌だし、このままずっと魔法を使わないわけにもいかないだろう。

その点、ティアナの体内魔力にまで干渉出来るようになっておけば、俺の魔法をティアナの魔法と誤魔化すことも容易だろう。これはティアナへと指導であると同時に、俺自身の練習でもあるのだ。

『どうだ？』

「うん、なんか体が熱くて、力が湧いてくるみたいな……これが魔法……！」

そんな私欲に塗れた理由でティアナの魔力を外から動かし、身体強化を使わせる。

俺の思惑を知る由もなく、足に集中した魔力を感じ、ポーン、と空高く跳び上がっては瞳を輝かせるティアナ。

そんな無邪気な少女の姿に、俺は少しばかり懐かしい気分になった。

「……？　ラル君、どうしたの？」

『んー？　いや、ティアナを見てたら、弟子のこと思い出してな』

あいつも最初は、ロクに魔法が使えなかった。

俺の噂を聞いたのか、エルフの里で弟子にしてくれと懇願してきたあいつに、じゃあまずは身体強化からなと告げた時のことを、昨日のことのように思い出せる。

『まあ、あいつはもっとすげー魔法を教えて貰えると思ってたみたいで、ティアナと違ってブーブー文句ばっか言ってたけどな。本当に生意気な子だったよ』

「へ〜、そうなんだ」

ニーミもこの時代じゃ有名人だからか、ティアナは意外そうに呟いた。

その後も、ニーミが魔法の発動に失敗して黒焦げアフロになり、笑い転げる俺を見て思い切り臍を曲げられてしまった話や、急な仕事で旅行の約束をすっぽかして盛大に泣かれ、宥《なだ》めるのに苦労した話なんかを語って聞かせる。

ただ、少し話に熱が入り過ぎたようで、ティアナが完全に黙り込んでしまっていることに気付くのに、少々時間がかかってしまった。

『と、悪い、話し過ぎたな。退屈だったか？』

「ううん、全然。なんだかラル君、お父様みたいだなーって思ってたの」

『お父……う、うーん、どうだろうな……？』

父親と言うには、俺は少しばかり反面教師に過ぎるような気もするんだよなぁ。

そんな、何とも複雑な気分で首を捻っていると、ティアナは不意によしよしと俺の頭を優しく撫で始める。

どうしたのかと目を向ける俺に、ティアナは手を休めることなく、どこか心配そうに口を開いた。

「ニーミ様に会えなかった間……ラル君、やっぱり寂しかった？」

『……あー、どうだろうな。俺にとっては、死んだのも昨日のことみたいなもんだし。正直まだ、三百年も経ってるなんて実感が湧かないんだ』

転生するまでの三百年間、俺に意識はなかったからな。ニーミは生きてるって分かったし、その意味では全然平気だ。

ただ、そうだな……エルフだったニーミはともかく、人間だった知り合いはもう生きてはいないだろう。

すぐにやり過ぎる癖があった俺の行動に胃を痛めながら、それでも色々と手を回してくれた国王や騎士団長。それに、俺を慕ってくれていた子供達の顔が次々と思い浮かぶ。

俺の知識があれば今までにない魔法薬が作れると、家だろうが戦場だろうが関係なく突撃してきた研究バカな貴族の倅《せがれ》。

その性根を叩き直してやると息巻いて、何度打ち負かしてやっても魔法勝負を挑んで来た負けず嫌いのお嬢様。

それに、たった一回魔物に襲われそうになっていたところを助けただけで、俺のことをヒーローだなんだとやたらと持ち上げて来た貧民のガキ。

あいつらみんな、もう二度と会えない——そう思うと確かに、少し寂しいかもしれないな。

「大丈夫」

そんな俺の気持ちを察してか、ティアナは再び俺の体を強く抱き締めた。

子供らしい温かな体温が、ぬいぐるみになって失われた熱を補うように、優しく俺を包み込んでくれる。

「ラル君のことは、私が絶対にニーミ様のところまで連れてってあげるから。それまでは……」

少しだけ体を離し、ティアナがにこりと微笑む。

春の太陽のように暖かく優しいその笑顔に、俺の心まで華やいでいくのを感じた。

「ラル君が寂しくないように、私がずっと傍にいてあげるね！」

『……そうか、ありがとな、ティアナ』

特に意識はしてこなかったけど、三百年越しの転生に俺自身、知らず知らずの内に負荷がかかってたんだろう。ティアナの言葉で、一段と心が軽くなったような気がする。

そのことに感謝を示すように撫で返すと、ティアナは心地よさそうに目を細めた。

そんな愛らしい姿に癒やされながら、俺はようやく本当の意味で、三百年後のこの世界をぬいぐるみとして生きる覚悟を固めるのだった。

5

「……あれ、どうしたんだろう？」

しばらく身体強化の練習を重ねた後、俺とティアナは屋敷の中に戻ってきた……んだが、なんだか騒がしい。

近くを通り掛かった使用人にティアナが事情を尋ねると、どうも客人が来たらしいとのこと。

「急な来訪で、旦那様も驚いておられました。それも……どうやら、ルーベルト子爵様が来られたようで」

「っ……そう、なんだ」

ルーベルトの名に、ティアナの表情が一瞬強張った。

お茶の用意等で忙しいのであろう、使用人が慌ただしく去っていった後も、その不安げな表情は一向に緩まない。

『どうしたティアナ、そのルーベルト子爵に何かあるのか？』

「えっと……それは……」

「おや、これはティアナ・ランドール嬢、お久し振りですな」

ティアナからの答えを聞くよりも先に見知らぬ声が聞こえてきた。

振り向くと、そこにいたのは豪奢な服に身を包み、体のあちこちに煌びやかな宝飾を纏った男と、そいつに並んで歩くよく似た顔立ちの青年の二人。

　恐らく、ランドール家よりも上位の貴族なんだろう。金回りの良さを殊更にアピールするかのような品のない着こなしもさることながら、他人の家だというのに自らが主だと言わんばかりの堂々とした立ち振舞いは、どうにも鼻についていけすかない。その二人を案内しているクルトなんて、もはや従者か何かみたいに影が薄くなってるし。

「あ、えっと……お久し振りです、カンザス・ルーベルト卿……それに、ベリアル・ルーベルト様」

　ティアナも苦手なのか、その挨拶はどこかぎこちない。

　まだ幼い少女の緊張した様子に、カンザスと呼ばれた貴族はふんと鼻を鳴らす。

「いけませんなぁ、挨拶はもっとしっかりと出来なければ、社交の場で笑われてしまいますぞ？　なあ、ベリアル」

「ええ、その通りです父上。このようなこと、基本的過ぎて学園でも教わらないのですが……ランドール家の教育は随分と遅れているようですね」

「も、申し訳ありません、精進いたします」

　親子揃って大人げなく投げかける嫌みに、ティアナは益々委縮してしまう。

　そんな少女の姿を見て愉しむかのように、彼らは上から目線で嘲笑すら浮かべた。

「それがよろしい。貴族社会は実力主義、ただでさえ魔法が使えぬ身の上では、せめて挨拶程度出来なければ話になりませぬからな。まあ、まだぬいぐるみなど肌身離さず持ち歩くような幼い時分なら、致し方ないのかもしれませんが……おっと、確かティアナ嬢は既に社交デビューは済ませているのでしたかな。これは失敬、ハハハ！」

「ルーベルト卿、応接室はこちらです。ティアナ、行きなさい」

もう我慢ならなかったのか、クルトがカンザスの言葉を遮りながらティアナを逃がそうとしてくれる。

しかし、そんなクルトの気遣いを踏み躙るように、カンザスは「それならば」と企み顔で言葉を重ねた。

「せっかく来たのだ。ベリアル、ティアナ嬢に少し魔法の指導をしてやるといい」

「仰せのままに、父上」

「ルーベルト卿、流石にそれは……」

「何、気にすることはない。うちの息子も今年魔法学園を良い成績で卒業したばかりだ、貴殿の娘も学ぶことは多いであろう」

あくまで厚意を装ったカンザスの提案だが、その目に浮かぶのは嘲《あざけ》りの色。この機に乗じて、格下のティアナを甚振《いたぶ》りたいという下衆な考えが透けて見える。

どうにかそれを阻止しようと、やんわり断りを入れるクルトだったが……、

「ベリアル様、よろしくお願いします」

当のティアナが間に入り、自ら頭を下げて頼み込んでしまった。

驚くクルトと視線を合わせ、幼い少女は微笑を浮かべる。

私は大丈夫だから、心配しないで――と。

「……あまり無理はするんじゃないぞ」

「はい、お父様」

短いやり取りを最後に、お互いに背中を向けて歩き出す。

そうして、ルーベルト親子の意識が逸れた瞬間を見計らって、俺はクルトにちょっとした魔法をかけた。

流石に気付かれたようで、おや？　と疑問の視線を向けられるが、黙ってて欲しいと目で合図する。ついでに、ティアナのことは任せろと。

そんな俺の意志がちゃんと伝わったのか、クルトから小さく頷きが返って来た。

……自分でやっといてなんだけど、ぬいぐるみのアイコンタクトがよく伝わったな。クルトの勘はどうなってるんだ。

「さて、それじゃあティアナ嬢、今使える魔法を見せてくれるかな？」

そうして、ランドール家の訓練場にやって来たベリアルは、早速そんな要求を突き付けた。

親切な好青年らしい笑みを浮かべてやがるが、こいつティアナが魔法使えないの分かってて言ってるだろ。性格悪いな。

「えっと、今はこれだけ……」

ティアナが披露したのは、先ほど教えたばかりの魔力による身体強化。

銀色の魔力が薄らと体を覆う様を眺め、あろうことかベリアルは腹を抱えて笑い出した。

「ぷははは！　ダメだよティアナ嬢、そんなもの、魔法とは言わない」

「っ……」

こいつ、いい加減ぶっ飛ばしていいか？

唇を噛んで俯くティアナを見て、そろそろ俺の忍耐が限界に近付いてきた一方で、ベリアルは自分の力を誇示するように、全身から魔力を解き放つ。

「魔法っていうのはな……こういうものを言うのさ!!」

ベリアルの掌から展開される、見覚えのある魔法陣。属性は炎、《火球《ファイアボール》》か？　俺がついさっきティアナの魔力を使って展開したものより、数段高度な魔法陣に仕上がってる。

この三百年で魔法研究が進んだ成果だろうか？　こんなクソ野郎でも学園の成績は良かったと言っていたし、大口を叩くだけの実力はあるってことか。

少なくとも、実際に魔法が発動するまではそう思っていた。

「どうだ、俺の炎魔法は!!」

『……は？　弱すぎないかこれ？』

好悪の感情を抜きに感心してしまうほどの魔法陣から飛び出した、何の種火かと思うほどにショボい炎。近くにあった丸太を撫で、表面に薄らと焦げ目をつけたそれを見て、俺は思わず声に出して反応してしまう。

いやいや、おかしいだろ。なんでその魔法陣からその威力になるんだ、逆に驚きだよ。

「……今、弱いと言ったのか？　自分ではロクな魔法も使えない癖に、よくもそんな戯言を」

「えっ、あ、今のは、えーっと……！」

「ふん、人形魔法か？　そんな気色悪いぬいぐるみに代弁させなければ言いたいことも言えないようでは、たかが知れてるな」

「っ……！」

俺がうっかり漏らした一言を切っ掛けに、ベリアルがいきり立つ。

発言したのは俺なんだが、ティアナが魔法で言わせていると思ったらしい。まあ、ティアナの魔力を使ってるから、あながち間違ってもいないんだが。

とはいえ、このまま放置したらティアナが可哀想だ。俺が蒔いた種でもあるし、ちょっと見返してやるか。

『たかが知れてるかどうか、見せてやるよ。腰抜かすなよ？』

「ふんっ、やれるものならな」

言質は取れたので、早速魔法を発動。

人形魔法と思われているようだし、ゴーレムでいいか。訓練場の土を使い、巨大な土人形を作り出す。

「なっ、なっ、なぁ……!?」

まさかここまでの規模で魔法を使われると思っていなかったのか、屋敷にも並ぶ大きさに育った土人形を前に、驚きのあまり尻餅をつくベリアル。

そんな自分の醜態に気付き、ぶるぶると屈辱に震えながら立ち上がった。

「そ、そんな見かけ倒し、俺の魔法で……!! 《火炎槍《フレアランス》》!!」

ベリアルの掌から炎の槍が放たれ、土人形に直撃。

それを見て、にやりと笑みを浮かべるが……、

「な、なにい⁉」

残念ながら、その程度の魔法じゃ傷一つつかん。

攻撃してくれたお返しに、俺は土人形を魔法で操作し、握った拳から指を一本だけ生やしてベリアルへと向ける。

「う、うわぁぁぁぁ⁉」

ズズンッ!! と音を立て、ベリアルの目の前に叩き付けられた土人形の指先。

小突いただけの攻撃で地面に亀裂が走り、触れてもないのにまたも無様に転がって尻を土で汚す羽目になった青年は、しばしそのまま放心し……、

「っ〜〜〜! ちくしょう、覚えてろ!!」

はっと現実に意識が戻って来るや否や、羞恥に堪えかねたかのように屋敷の外へ向かって走り去っていく。

カンザスの奴はまだ応接室でクルトと話している途中なんだが、置いて行っていいのだろうか?

まあ、俺がいちいち気にしてやる義理もないんだけど……っと、壊した訓練場は直しておかないとな。ほれゴーレム、穴埋めろ。

「……はぁ～……」

俺が土人形を操作して砕けた地面を直していると、ティアナは大きく息を吐いてその場にしゃがみ込んでしまう。

慌てて魔法で支えると、ティアナは誤魔化すように曖昧な笑みを浮かべながら、「ありがとう」とお礼を口にした。

『大丈夫か、ティアナ？』

「うん、私は平気。慣れてるから」

『…………』

慣れてる、ね……貴族だからある程度仕方ないにしても、町の外じゃあんな露骨な嫌みを日常的に浴びてるってことか。

いっそ、もっとしっかりぶっ飛ばしておけば良かったか？

「私のことより、お父様が心配だよ。私なんかのために、ルーベルト子爵に突っ掛かってないといいけど……」

『あー、さっきも大分怒ってたみたいだからな』

貴族としては、あまり感情を露わにして相手のペースに乗るのはよろしくないんだが……個人的にはそういうタイプの方が好きだ。応援したくなるし。

『でもまぁ、今のところ大丈夫みたいだぞ。苛立ってはいるけど』

「……？　どうして分かるの？」

『ちょっくら魔法を使ってな。クルトと子爵の話し合いを盗聴してるんだ』

クルトは了承済みだぞ、と伝えれば、ティアナはいつの間にと目を丸くする。

声だけとはいえ、空間を越えて俺に届かせる魔法はその難易度もさることながら、距離に応じて必要な魔力もどんどん増えていくんだが……ティアナの様子を見るに、消費されたことにも気付いてなかったみたいだな。結構使ったんだが、どんだけ鈍いんだよ。

ともあれ、そんな盗聴魔法で二人の会話を聞く限り、クルトが暴発する心配はなさそうだ。どっちかというと、カンザスの長々とした自慢話に辟易としてるみたいだし。

「そっか、良かった……今は微妙な時期なのに、また私のせいで迷惑かけたらどうしようかと思った」

『微妙な時期？』

「うん……実はね」

いつまで経っても本題に入らないカンザスのことは放っておいて、ティアナの話に耳を傾ける。

なんでも、現在ランドール家とルーベルト家の間では、とある賠償問題が発生しているらしい。

一ヶ月前、ランドール領に存在する高魔力地帯、〝魔狼の森〟で大規模な魔物災害《スタンピード》が発生し、溢れかえった大量の魔物が隣にあるルーベルト領を襲撃、多くの被害が発生した。

ランドール領内にある森で発生した魔物がルーベルト領に被害をもたらしたのだから、責任の所在はランドール家にあり、その補填をするべきだ、というのがカンザスの言い分らしい。

それも、一部ならともかく全額だ。

『なんじゃそりゃ、勝手な話だな』

話を聞いて、俺は思わずそう吐き捨てる。

確かに、本当にランドール家が森の管理を放棄していたなら責任もあるだろうけど、町の様子を見る限り、クルトがそんな真似をしていたとは到底思えない。

それに、もし仮に過失があったとしても、原則として自領を守るのはその当主の役目だ。魔物災害なんてなくても、町に〝はぐれ〟が下りて来る可能性なんて十分あるんだから、それに対する備えをしておくのは当然のこと。子爵領の被害は、あくまで子爵家の領分でカタをつけるのが常識だろうに。

「うん……お父様もね、こんなのはおかしいって言ってたんだけど、そうも行かないみたいで……」

『というと？』

「ドランバルト侯爵家が、ルーベルト子爵の肩を持っているみたいなの。それで、早く賠償金を払えって圧力をかけられてるみたいで」

『侯爵家が、たかが男爵と子爵の問題にしゃしゃり出て来てんのか？』

こくりと頷くティアナに、俺は思わず眉を顰《ひそ》めた。

ドランバルト家は、王国西部を取り纏める大貴族。俺が生きていた時代から存在している、かなり長い歴史を持つ大家だ。俺に付き纏ってたガキの一人がドランバルト家の人間だったから、よく覚えてる。

当事者間だけでは解決しないような大掛かりな問題や、多少権力でゴリ押ししてでも早く片付けなきゃならない問題ならまだしも、この程度のことで出て来るには少しビッグネームが過ぎないか？

カンザスのペラペラくどくどと続く自慢話と嫌みを聞いている限り、子爵領が荒廃しきって早急に金を集める必要がある事態ってわけでもなさそうだし、おかしな話だ。

『それ、本当なのか？　何かの間違いってことは？』

「子爵が、ドランバルト家の家紋が入った封書を持って来たみたいで……間違いなく本物だ、ってお父様が言ってたの」

『なるほど……』

家紋が入った封書ともなれば、偽造が出来ないように魔法的な処置が施されているだろうし……それを持ち出したんなら、本物だと思ってまず間違いなさそうだな。

「だから、あまり強く拒否も出来なくて……けど、うちはお金もないから、賠償金なんて払えないし……それで、お父様がどうにか賠償金の額を減らせないか交渉しているところなの」

『あー……なるほどな』

この場合、道理はクルトにあるが、流れはカンザスにある。

クルトとしては、どうにかカンザスから譲歩を引き出したいだろうし、逆にカンザスは適当にのらりくらりとやり込めておけば、侯爵家の威光で無理矢理ランドール家から金なり何なりを好きに搾り取れるというわけだ。

それを考えると、カンザスの方からわざわざこっちに出向く必要なんてどこにもないはずなんだけど……よっぽど嫌がらせしたいってことか。親子揃って、本当に性格悪いな。

「魔物災害の影響で増えた魔物の対処もしなくちゃいけないのに、隣領のことまで調べてお金のやりくりをして……毎日夜遅くまで、お仕事頑張ってるんだ」

だから、と、ティアナは小さな拳をぐっと握り、悔しげに唇を噛み締めた。

「私も……少し嫌なこと言われたくらいで負けたくない。私なんかじゃ、何の役にも立てないかもしれないけど……それでもせめて、お父様の邪魔だけはしたくないの」

負けたくない、というのは本心からだろう。邪魔したくないというのも嘘じゃないのかもしれない。

だけど……それだけじゃないと思った。

『なあティアナ、要するにさ……金さえ用意出来ればいいんだよな?』

「え？　う、うん。たぶん」

俺のざっくりとした問いかけに、ティアナは戸惑いながらも首肯する。

正直なところ、俺は貴族同士の諍《いさか》いなんて面倒なもの、関わりたくもない。一人で黙々と魔法の訓練してた方が百倍マシだ。

でも、偶々《たまたま》拾っただけの俺を学園まで必ず連れていくと……それまで傍にいると誓ってくれたティアナが困っているのに、それを無視してのうのうとしていられるほど、人でなしになった覚えもない。

『なら任せとけ。ティアナの魔力さえあれば、俺の力で金くらいいくらでも稼いでやる』

「え……そんなこと、出来るの……？」

『ああ、もちろんだ。俺達二人で、あのいけすかないクソ貴族の鼻を明かしてやろうぜ。助けたいんだろ？　お前のお父さんをさ』

自信満々にそう断言すると、ティアナは瞳を潤ませながら、その喜びの感情のままに俺の体を思い切り抱き締めた。

「ラル君、ありがとう！　大好き！」

『大したことじゃないから気にすんな。俺としては、クルトが俺を見世物にして人を呼び集めようなんて、バカな金策を考えなくて済むようになって貰いたいだけだしな』

嬉しいことを言ってくれるティアナの頭を撫でながら、俺は照れ隠しに……というより、半分本気でそんな理由を口にする。

すると、ティアナはなぜか目をパチクリとした。

「……ああ、ラル君の神殿の話なら、お金と関係なく元からやろうとしてたことだよ。お父様もそうだけど、ここの大工さんにもラル君のファンはたくさんいるから」

『…………』

……よっぽど追い詰められていたところに、ちょうど俺が現れたから、もう縋るしかないと思ってあんな態度だったのかと思ったけど……元からあんなんなのか。

うん、俺これからは本当にラルフって名乗らない方が良さそうだな。肝に銘じておこう。

6

クルトの信仰心（？）に若干遠い目をしながらも、俺達はまたカンザスと鉢合わせる前に町へと繰り出した。

向かう先は、ランドール家が管理する〝魔狼の森〟。そのすぐ傍に建てられている冒険者ギルドだ。

「ごめんくださーい」

恐らく、このランドール領では領主館に次いで巨大であろう建物に足を踏み入れたティアナを待ち構えていたのは、強面の男達による鋭い視線。

魔物を相手に死闘を繰り広げ、その素材やそこでしか手に入らない貴重な植物、鉱物などを手に入れることを生業《なりわい》とする彼ら冒険者は、徹底した実力主義者の集まりだ。当然と言うべきか、権威を笠に着て民を支配する貴族に対して良く思わない者が多い。

魔法……すなわち武力を以て稼ぐなら、冒険者に交じって魔物狩りをするのが一番かと思ったんだけど、これはちょっと早まったか……？

「おい」

そんな俺の不安を裏付けるかのように、一人の男がティアナの前に立つ。

筋骨隆々の肉体を誇るその男は、まだ幼いティアナに対してその傷だらけの腕を無造作に伸ばし――！

「ダメじゃねえかティアナ様、こんなところに一人で来ちゃあよぉ。コイツらのバカが伝染《うつ》っちまう」

……そのまま、わしゃわしゃとティアナの白銀の髪を撫で始めた。

少々乱暴ながらも不器用な優しさの感じられる手付きに、ティアナが嬉しそうに表情を緩め、男はにへら、と気持ち悪いくらいに相好を崩す。

その思わぬ対応に俺が肩透かしを食らっていると、他の冒険者達がブーブーと苦情を口にし始めた。

「おいロッゾ、そのバカってのは俺のことじゃねえだろうな⁉　ティアナ様こっち来いよ、奢ってやるから一緒に飲もうぜ‼」

「紛れもなくてめえはバカ筆頭だよガラシャ‼　ティアナ様はまだ未成年だぞ、てめえの安酒なんざ飲まそうとしてんじゃねえ‼」

「バッカおめえ俺だってそれくらい分かってるっつーの‼　だからこうして果実ジュースを用意してんじゃねーか‼」

「そいつは果実ジュースじゃねえ果実酒だ‼　アルコールの有無すら分かんねーのかこのバカ舌はぁ‼」

「バカガラシャのことなんざどうでもいい!!　それよりロッゾてめえ、しれっとティアナ様の頭を撫でるなんざなんて羨ま、じゃねえけしからんことしてやがる!?　むさ苦しい野郎が触れたら愛らしいティアナ様が穢《けが》れるだろうが!!」

「やかましい!!　ティアナ様が嫌がってねえんだからいいだろうが!!　まあ、昼間っから飲んだくれて酒の匂いを漂わせてるてめえらには無理だろうがな。ハッ、ざまぁぁぁぁぁ!!」

「「「この野郎ブッ殺してやらぁぁぁぁ!!」」」

どんちゃんバタバタと、あっという間に始まった冒険者同士の大喧嘩を見て、俺は少しばかり安心した。うん、これでこそ冒険者だよな。

一方、ティアナの方はそれがお気に召さなかったようで、可愛らしく頬を膨らませて不機嫌さをアピールしている。

「もうっ、みんな、喧嘩しないで仲良くしてっていつも言ってるでしょ！　あんまり騒ぐともう差し入れ持ってきてあげないからね！」

「「「すんませんっしたぁぁぁぁ!!」」」

ティアナの鶴の一声で、即座に喧嘩を止めその場に平伏する冒険者一同。うん、凄まじい光景だなこれ。

まあ、それだけティアナが慕われてるってことだな。差し入れってことは、以前から領主家の人間として定期的に交流があったんだろうし、それで仲良くなったのかね？

こんだけむさい男どもがティアナを取り合ってると思うと犯罪臭が凄まじいけど、流石にそういう目で見てる奴はいないだろうし大丈夫だろ。多分。

それに……今はそんなことより、もっと重要な話がある。

『おいそこの、ガラシャって言ったか』

「おうなんだ。……って、なんだぁ!? ぬいぐるみが喋った!?」

平伏していた冒険者達が思い切りビビりながら立ち上がり、一斉に後退《あとずさ》る。

中には武器に手をかけている奴までいて、何と言うかこう、逆に安心するよ。

うん、これが正しい反応だよな。初対面で喋るぬいぐるみを見ていきなり崇め出す方が異常なんだよ。

「みんな待って！　この子はラル君、私の使い魔だよ」

「つ、使い魔……ってなんだ？」

「えーっとね、魔力をあげると、私の代わりに魔法を使ってくれる……精霊、みたいな？」

「あー、そういやエルフ族は精霊を使役して魔法を使うとか聞いたような……って、ティアナ様、エルフの血なんて引いてたんで？」

「バッカだなお前、使い魔って言っただろ？　人でもエルフの精霊魔法を使えるように、動物の形をした疑似的な精霊を作って使役するって話を聞いたことがある。それのことだろ」

ティアナの若干怪しい説明を聞いた後は、冒険者達が勝手に情報を補完してくれた。

そう、ティアナと話し合った結果、ひとまず俺のことはティアナが作った疑似精霊＝使い魔ということで押し通すことにした。

それなら、仮にティアナから離れた状態で魔法を撃っても怪しまれないだろうし、高位の精霊なら喋ることもあるから……まあ、三百年前の人間の魂が宿ってるなんて言うよりはよっぽど説得力があるだろ。

何より、まかり間違ってもラルフだとは思われない。これ大事。

「ほー、なるほど……このブサ……じゃなくて、個性的なぬいぐるみが、精霊の代わりねえ……」

そして、多少遠慮しながらも容赦なく俺をブサイク扱いする冒険者。

気持ちは分かるから怒らないけど。今更ながら、よくもまあティアナもこんなヘンテコなぬいぐるみを持って帰ろうなんて思ったよなぁ。

「そうなの！　えへへ、可愛いでしょ？」

「「『えっ』」」

そんなことを考えていたら、ティアナからまさかの発言。

いや待て、俺可愛いの？　これが？

「……可愛い、よね……？」

俺達の反応を見て不安になったのか、みるみる表情を曇らせていくティアナ。

いやいや、そんなことで泣くなよ。

「「可愛いです!!」」

いまいち反応に困った俺とは違い、冒険者諸君はティアナの涙を見るやあっさりと前言を翻して同意した。それでいいのかお前ら。

「えへへ、ラル君、みんな可愛いって言ってくれたよ！　良かったね！」

『お、おう……良かった、な……？』

ただ、ティアナは同意してくれたことが嬉しかったようで、満面の笑みで俺に話を振って来る。

なあ、これはどう答えるのが正解なんだ？　謙遜すればいいのか？　俺も同意すればいいのか？　うーむ、謙遜したらティアナがまた泣くかもしれんし、同意したらしたで俺がすげえ自惚れてるみたいで嫌なんだが。どうすればいいんだ……？

「それで、随分話が逸れちまったけどよ……ティアナ様の使い魔が俺に何か用か？」

『おっと、そうだった。お前がさっきティアナに飲ませようとしてたやつ、果実酒って言ってたけど本当か？』

「ん？　そうだけど？」

それがどうした？　と訝《いぶか》しげな表情を浮かべるガラシャを余所に、ティアナの腕から飛び降りて実際に見に行ってみる。

ふむふむ、この香り、そして色味……間違いなく本物だ！

『うおぉ、すげえ……まさかこんな田舎にまで、このレベルの酒が出回ってるとは……!!』

俺が生きていた頃、酒と言えばエールが精々で、果実酒なんてこの国じゃほとんど出回っていなかった。

海を挟んだ別大陸にある獣人の国にはたくさんあったらしいけど、当時あの国とは頻繁にドンパチやらかす犬猿の仲だったし、俺も生前に一回しか口を付けたことはない。

もう一度飲んでみたいとは思ってたが、まさかこんな辺鄙《へんぴ》なところで出会えるなんてな。魔法は衰退したかもしれないが、随分と良い時代になったじゃないか!!

「このレベルって、別に大したもんじゃないんだが……そんなに飲みたいなら、ほれ、いるか?」

『くれるのか⁉　サンキューな!!』

ガラシャから、震える手で酒の入ったコップを受け取る。

三百年越しの酒だ……ゆっくりと味わって飲みたいところだが、今日は大事な用事があるからな。手早く済ませよう。

「ラル君、待って!」

『言いたいことは分かるが、少しだけ待っててくれティアナ。この一杯だけだからすぐに終わる!』

「いや、時間は別にいいんだけど、そうじゃなくて……」

ティアナの制止を振り切って、俺は勢いよくコップを傾ける。

小さな体に似合わない豪快な飲み方に、おおっ……とどよめきが生まれ……。

「ラル君、ぬいぐるみなのにお酒飲めるの?」

びちゃびちゃびちゃびちゃ。

虚しく俺の体へと染みこみ、そのまま吸い切れなかった分が溢れて床を濡らす。

そのままの体勢で固まる俺を、ティアナと冒険者達は何とも言えない哀れみの籠もった目で見詰めていた。

7

酒を飲もうとして盛大に失敗した俺は、ギルドにあった洗面所を借りてティアナに体を洗って貰い、壁に取り付けられたフックにてるてる坊主の如く吊るされることに。

魔法を使えば一瞬で乾かすことも出来ないではないんだが……酒を飲めなかったショックから中々立ち直れそうにないから、しばらくはこの状態でいたい。

くそぅ、やっぱりぬいぐるみの体なんて最悪だ……早く人間になりたいよ……。

「それでティアナ様、結局ここへは何しに来たんで？」

そうしてプラプラと揺れながら落ち込む俺をティアナが撫でて慰めてくれていると、ロッゾがついにそう切り出した。

うん、大体俺のせいだけど、本題に入るまで長かったな。反省しないと。

「えっとね、ちょっと魔物を狩りに行こうかと思って。今はどんなのが森にいるのか確認をしに来たの」

「ええ⁉　ティアナ様が森に⁉」

ざわり、とその一言で先ほどとは違う意味でギルドが騒然となる。

こんな小さな子供が魔物の出るような森に行くってだけでも危険なのに、その上これだけ慕われてるんだし、そうなるか。

「ティアナ様、言いにくいんですがね、森は止めておいた方が……ついこの間魔物災害があったばかりで、魔物達もピリピリしていやすし」

「大丈夫、私にはラル君がついてるから！」

「ついてるって言ってもなぁ……」

ロッゾの視線が、吊るされた俺へと注がれる。

何も言わなくても、こんな頼りねえ使い魔で大丈夫か？　ってめちゃくちゃ顔に書いてあるな。

まあ、この状況じゃ何も言い返せねえけど。

「ラル君は強いんだよ、すっごい魔法で大岩だって一発で壊しちゃうんだから！」

「いや、そうかもしれねえけどよぉ、だからっていきなり森は危険過ぎるぜ。第一、クルト様はこのこと知ってんのかい？」

「うっ」

必死に俺の強さをアピールしていたティアナだが、その一言であっさりと言葉を詰まらせる。

うーん、ここで適当な嘘を吐いて誤魔化せればよかったんだが、ティアナもティアナで両親に似て素直過ぎるな。完全に無断外出だってバレちまったよ。

ギルドでの情報収集は諦めて勝手に森に入るのも手ではあるけど、俺だって魔狼の森にどんな魔物が出るか知らないからな。ちゃんと知識を集めて、念のため素人のティアナを守ってくれる護衛の一人でもつけてから動きたいんだが……、

「あんた達、また昼間っから何を騒いでるんだい？」

さてどうしようかと悩んでいると、そんなところへ一人の女冒険者が声を割り込ませてきた。歳は二十歳くらいか？　腰に差した剣と軽装な鎧を見るに、冒険者としてはオーソドックスな剣士タイプ。足運びには隙がなく、若いのに中々腕が立ちそうだ。

「エメルダじゃねえか、戻ってたのかよ」

「ああ、ついさっきね。で、野郎どもがティアナ様囲んで何を苛めてんだい？」

「苛めてねえ‼　ティアナ様が森に入りたいなんて言うから止めてたんだよ、流石に危ねえからよ」

「ふぅん？」

エメルダは、男どもを掻き分けティアナの前までやって来る。

そのまま、ティアナの瞳をじっと覗き込むと……口角を吊り上げながらニヤリと笑った。

「どうやら遊び半分ってわけでもなさそうだね。何が目的で森なんて行くんだい？」

「えっと……今、お父様がお金がなくて困ってるみたいで……私、少しでも力になってあげたくて……」

魔物災害のくだりは省きながら、少しばかり曖昧にティアナは答える。

ここで全部本当のことを言うと、実際に森で魔物を狩る冒険者の連中が責任を感じるかもしれないからな。その辺り、ティアナなりに気を遣ったのかもしれない。

けど、そのせいで若干嘘っぽい言い方になっちまったのが困りものだな。これじゃあ許して貰えないんじゃないか？

「よし、分かった。そんなに行きたいならアタイが連れてってやるよ」

「ほんと⁉」

「おいおいエメルダ、急に何を言い出すんだ⁉」

俺の予想とは裏腹に、エメルダは案内人を自ら買って出てくれた。

周りにいた他の冒険者達が慌てるが、当のエメルダはそんな声を鼻で笑う。

「一人で勝手に行かれるよりはずっとマシさ。それに、忘れたわけじゃないだろう？　アタイはこれでもBランク冒険者、要人護衛ならお手のものさ」

「お手のものったって、まだBランクになって一ヶ月そこらじゃねーか。油断してっとまたやらかすぞ」

「油断なんてしてないよ、アタイだって冒険者になって三年も経つんだ、それがどれだけ危険かってことくらい骨身に沁みてるさ」

「なら、いいけどよ」

ほー、Bランクね。

下はFランクから、上はSランクまである冒険者の中じゃかなり上位だし、それにたった三年で到達するなんて凄いな。もしかしたら、単純な実力で言えばAランクにも並ぶかもしれない。

これならティアナの護衛としてもかなり期待出来そうだ。

「つーわけだ、森の中じゃ必ずアタイの指示を聞くこと、何か見付けても絶対にアタイから離れないこと、これを守れるなら案内してやる」

「ありがとうございます、エメルダさん！」

「領主様には何かと世話になってるからね、ちょっとした恩返しだとでも思ってくれりゃあいいさ。特別サービスってことで、護衛料も無しにしてやるよ」

『そりゃあ助かる、よろしくなエメルダ』

金を稼ぎたくて森に向かうわけだし、出費を抑えられるならそれに越したことはない。そもそも、ティアナって金持ってるのか？　確認してなかったな。

と、そんなことを考えていると、エメルダがフックに吊るされぶら下がった俺を見て固まっていることに気が付いた。

そうだった、今来たばっかりなんだし、こいつにも改めて俺が何なのか説明してやらないと。

「何だいこのブサイクなぬいぐるみ？　喋るぬいぐるみなんて初めて見たよ」

なんて思っていると、他の冒険者達が思っていても言わなかったことをバッチリと口にしてしまう。

みるみるうちに瞳を潤ませていくティアナを見て、ようやく自分の失態を悟ったらしい。ここに来て初めて、エメルダは困ったように視線を彷徨《さまよ》わせるのだった。

8

「いやすまないねティアナ様、アタイ思ったことはすぐに口にしちまう質《たち》で……あいや、別にそのぬいぐるみが悪いって言いたいんじゃなくてね？」

「ぐすん」

エメルダに連れられて森の中、ティアナは未だに消沈した様子で歩いていた。

正直俺にもよく分からん趣味だけど、それだけ気に入って貰えてると思うと悪い気はしない。

『まあまあティアナ、そう気にすんなよ。俺はティアナが可愛がってくれるだけで十分だからさ』

「ラル君……えへへ、そうだね、私はラル君の可愛さを分かってるから！」

何が琴線《きんせん》に触れたのか、途端に機嫌を直したティアナはすっかり乾いた俺の体を強く抱き直し、頬擦りまでしてくる。

うん、ぬいぐるみの体で痛みはないんだが、そうも強く押し潰されると苦しいぞ。もう少し加減してくれんかティアナさんや。あと、微妙に酒臭くてごめんな。

「ティアナ様、ここはまだ浅いとはいえ、もう魔狼の森の中だ。この間の魔物災害の影響で魔物が増えてるし、いつ出くわすか分からない。油断しないようにね」

「はーい」

今度は素直に頷いたティアナが、きょろきょろと辺りを見回し、警戒しようとする。

まあ、素人の子供じゃちゃんとした警戒になるわけもなく、ただあちこちに目を向けているだけで穴だらけなんだが。あ、足元の根っこに躓《つまず》いた。

仕方ないので、風魔法で優しく受け止めてやる。

「わわっ……！　ありがとう、ラル君」

『気にすんな。それより、ティアナは周りよりもまずちゃんと足元見ておきな。何かあれば教えてやるから、森の中を歩くことから慣れるといい。それと、出来れば身体強化は常に使っとけ、その方が何かあった時咄嗟に動ける』

「うん！」

軽くアドバイスしてやると、ティアナはこれまた素直に足元へじっくりと目を向け、魔力を全身に巡らせる。

……今度は足元に注意を払い過ぎて前が全く見えてないな。魔力も周りを見るのに必死で目にばっか集中してんぞ。

これは、慣れるまでしばらくフォローしてやらないとな。

『ところでエメルダ、聞きたいことがあるんだが』

「んー？　なんだいラル」

『さっき、魔物災害の影響で魔物が増えてるって言ってたよな？　隣領に被害が出たって聞いたけど、こっちはどれくらいの被害が出たんだ？』

不慣れなティアナを補助しつつ、俺はエメルダに問い掛ける。

他の冒険者達にしたのと同じ使い魔云々の説明でひとまず納得してくれた彼女は、特に警戒するでもなく答えてくれた。

「いや、被害らしい被害は出てないよ。魔物は確かに増えてるんだけど、特に町まで下りてきたって話は聞かないねえ」

『……は？　いや待て、隣の領まで影響が出るくらいの魔物災害だったんだろ？　それなのに、森から一番近くにあるランドールの町に一匹も魔物が現れなかったのか？』

「そうなんだよねえ、おかしな話だろう？」

肩を竦めるエメルダの言葉に、俺はどういうことだと眉根を寄せる。

魔物災害は、増えすぎた魔物が縄張り争いの果てに棲む場所を追われ、一気に人里へ雪崩《なだ》れ込む現象のことだ。

当然、近場に手付かずの人里《エサ》があればそちらを優先するべきところを、わざわざ山や川で隔てられた遠くのルーベルト領に向かう？　なんだそりゃ。

「そもそも、アタイらだってサボってたわけじゃない。食い扶持のために毎日誰かしら森に入ってるんだ、災害発生の兆候があれば気付くはずなんだけど……」

『誰も気付けなかった、と』

それはまた、おかしな話だな。

魔物だって生き物なんだから、何もないところから急に生えてきたりしない、繁殖するには相応の時間と、ちゃんとしたエサ場が必要なはずなのに。

「ああ、情けないことにね。お陰で領主様に迷惑かけちまった。……ティアナ様が急に森に入るなんて言い出したのも、アタイらの不始末のせいなんだろう？　すまないね」

「あ、えっと、そ、それは……」

俺が魔物災害について考えを巡らせていると、隠していた事実を言い当てられたティアナが慌てふためいていた。

そんな姿に、エメルダは「気にしなくていい」と頭を撫でる。

「ティアナ様が我が儘言う時は、大体誰かのためだからね。すぐ分かるよ」

「あうぅ……そ、そんなことは……」

『なんだ、前にも似たようなことがあったのか？』

「まあ、ティアナ様のお茶目な逸話は色々とね」

「え、エメルダさん⁉」

会話の流れが良くない方に向かっていることに気が付いたのか、ティアナが声を上げる。けど、当のエメルダはそんなティアナを悪戯《いたずら》っこのようなにやけ顔で見つめながら、そのまま話を続行した。

「アタイはこれでも若くして成功してる冒険者だって言えるけど、駆け出しの頃はヤンチャしててねえ。無茶な依頼を受けて、派手に怪我しちまったことがある」

冒険者は常に死の危険と隣り合わせの職業だが、だからこそ負傷には人一倍敏感でなきゃならない。

傷を癒やす魔法薬もあるけど、そういうのは大抵高価で、駆け出し冒険者じゃ手が出せないからな。

そして一度負傷してしまえば、その傷が完治するまで完全に収入が絶たれてしまう。駆け出し冒険者の場合、そのままドロップアウトして貧民の仲間入りなんてのも珍しくない。

エメルダも、似たような事態に陥ったらしい。

「こんな簡単に、アタイも終わるのか……なんて、自暴自棄になりかけてたとこに、ティアナ様が自分の昼飯を包んで持ってきてくれてね。内緒だよ、なーんて言いながら渡してくれたんだ」

『それはまた……よく把握出来たな、ティアナも』

駆け出し冒険者が一人負傷したなんて、何なら同業者ですら気付かないまま流されていくことだってあるのに。

それを領主家……しかも十歳そこそこの娘が気付いて、あまつさえ食事なんて届けるか？普通。

「そのお陰で、アタイももっと頑張ろうって思えてね。怪我が治るまでギリギリ持ちこたえて、どうにか冒険者稼業に復帰出来たってわけさ」

『なるほどなぁ』

お陰でアタイも、今ではBランクの腕利きさ。なんて胸を張るエメルダに、ティアナは少し恥ずかしそうだ。過去を掘り起こされて、照れてるのかもしれない。

だけど、エメルダの攻勢（？）はまだ終わらなかった。

「アタイだけじゃないよ。ガラシャのバカは女にフラれて落ち込んでる時に慰めて貰ったらしいし、ロッゾの奴は自分とこのガキが迷子になった時、夜通し捜して貰ったらしいしね」

『夜通しって……いつの話だよ、それ』

「確か、ティアナ様が五歳の時って聞いたよ」

『いやなんで貴族の娘が五歳で当たり前のように町を出歩いてんだよ。不用心過ぎるだろ』

「放っておけないからって勝手に屋敷を抜け出して捜してたらしいね。最終的に、ティアナ様とその子を見付けるために、衛兵まで巻き込んだ大捜索が……」

『めちゃくちゃ大事になってんじゃねーか』

その時のことを思い出して自己嫌悪にでも陥っているのか、耳まで真っ赤になった顔を隠すように俺の体に押し付ける。

なんというか、昔から行動力の塊だったんだな、ティアナは……。

「お陰でその子も見つかったって、ロッゾはえらく感謝してたよ。そんな感じで、アタイら冒険者……いや、町の人間はみんな、ティアナ様に大なり小なり助けられてんのさ」

『へー、なるほどなぁ』

結果だけ見れば、ティアナが動いたお陰でいち早く見付けられたわけだし、その子の親としたらそりゃあ感謝もするだろうな。

「うぅ……私はその……こんな私でも、少しくらいみんなの役に立てたらなって、それで……」

しどろもどろになるティアナに、俺とエメルダは揃って笑う。

実際のところ、ティアナの行動はそう褒められたもんじゃないだろう。その時のクルトや衛兵達の心配と苦労を思えば猶更。

でも、そんな無邪気な優しさが人望に繋がっているのなら、少なくともこの町においてはそれで良かったんだろうな。

「だから、ティアナ様がやると決めたことなら、アタイは全力で力になるよ。もう少し、子供らしい我が儘を言ってもいいとは思うけどね」

「ご、ごめんなさい」

「謝る必要なんてないさ。そんなティアナ様だから力になりたいってのもあるしね」

しゅんと俯くティアナに、エメルダは軽い調子でそう言葉をかける。

冒険者がタダで護衛を引き受けるなんてよっぽどだとは思ったけど、まさかそんな事情があったとは。

正直、俺よりティアナの方が聖人じゃね？

「っと、喋ってる間に来たね、魔物だ」

「キシィイイ!!」

木々の隙間から一匹の魔物が飛び出して来た。

巨大なカマキリにも似た凶悪な魔物、ブレードマンティスだ。

「ティアナ様、動くんじゃないよ！」

そう叫び、エメルダは剣を抜き放つと同時に一気に標的との距離を詰める。

そんな彼女を迎撃せんと放たれる、ブレードマンティスの鎌による鋭い斬撃。

近くに生えていた大きな木の幹すら容易《たやす》く切り裂きながら迫るそれを、エメルダは剣の刃に沿って見事に受け流してみせた。

「キシィ!!」

「ははっ、甘い甘い!!」

両腕から次々と繰り出される斬撃を、エメルダは剣一本で受け流し、無理なものは躱《かわ》しながら凌《しの》ぎ続ける。

一見すると防戦一方に見えるからだろう、そわそわと落ち着きを失くしたティアナから、助けなくていいのかという視線を向けられるが……必要ないと頭を振った。

あれは、反撃出来ないんじゃない。ただ、決定的な隙が出来るのを待っているだけだ。

「――そこっ!!　いやぁぁぁぁ!!」

「キシッ!?」

獲物を必要以上に傷付けず、一撃で急所を突いて仕留めるために。

「わあっ、すごい……!!」

人の身よりも巨大なカマキリの首を、たった一撃で切断してのけたエメルダの剣技を前にして、ティアナは無邪気に瞳を輝かせる。

実際、中々見事な剣の冴えだな。冒険者の我流剣術だろうに、大したもんだ。こんなもん見せられたら――

「ははは、まあこれくらいはね……っ、ティアナ様、伏せな‼」

「えっ？」

――次は、俺の番だよな？

『キラービーが三匹か。まあ手頃なとこだな』

狙ったわけじゃないだろうが、エメルダがブレードマンティスの相手をするためにティアナから離れた隙を突き、三匹の巨大な蜂がそれぞれ別方向から襲ってきた。

エメルダが舌打ち混じりに急いでこっちに戻って来ようとしてるが、俺はそれを手で制する。

『心配すんな、これは俺が倒す』

「倒すってあんた、三匹も同時に……⁉」

エメルダが何事か言い終わるよりも先に、俺はティアナの周囲に魔法陣を三つ同時展開。

選んだ属性は風。ここは冒険者らしく、無傷で仕留めるとしようか。

『《虚空《エアゼロ》》』

魔法の発動と同時に、ティアナを襲おうとしていたキラービー三匹が一斉に魔法陣に捕らわれ、動きを封じられる。

そのまま、しばしの間もがいていたキラービーは、やがてその全身から力が抜けていき……完全に絶命した。

「なっ……なんだい？　今の魔法は」

『風属性の大気操作系魔法だよ。相手の動きを封じ込めると同時に、周囲の空気を固定化して呼吸を止め、窒息させる。ちょっと仕留めるまで時間がかかるのと、魔法使い相手ならすぐに対抗魔法を撃たれて無駄に終わるのが難点だけど……これくらいの魔物相手なら問題ない』

血の一滴も流さず、傷一つ付けることなく仕留められるからな。素材集めが目的ならこの上なく便利な魔法だ。

そんなことを解説すると、エメルダは信じられない、といった表情で口をパクパクとさせていた。

「そんな魔法、聞いたこともない……！　ラル、あんた何者だい？　使い魔って言ってたけど、まさか風の大精霊かなんかが宿ってるんじゃ……」

『大袈裟だなおい。大精霊ならもっとすげえ風魔法撃てるはずだから心配するな』

いやでも……と何やら頭を抱え始めたエメルダを見て、失敗しただろうかと俺も少々考え込む。

Bランクの冒険者なら、それなりに魔法に触れる機会もあるだろうにこの反応。思った以上に、この三百年で魔法使い全体のレベルが下がってるのかもしれない。

あまり目立ってラルフの転生体だってバレると面倒だし……いっそこれからは風魔法を主体

にして、使い魔を疑われたら実は精霊ですってパターンにしとくか？

「まあ、いいや。ティアナ様が連れてるってことはそう悪い存在でもないだろうし、アタイはこれ以上突っ込まないことにしておくよ。変なこと聞いて悪かったね」

『あー、まあそうして貰えると助かる』

悩んでいると、当のエメルダから謝罪されてしまった。

ラルフだとバレると面倒だから、なんて理由で隠してるだけだから若干後ろめたい気もするが、そっちの方が都合が良いし素直に乗っておこう。

「さて、それじゃあ素材を剥ぎ取って、探索の続きと行こうかね。ラルがこれだけ強い使い魔だっていうなら、思ったよりは自由に動けそうだよ」

『ん？　剥ぎ取りなんて後回しでいいぞ、俺が運ぶから』

「え……？」

またしても頭上に疑問符を浮かべるエメルダを見て、もしや、という疑惑が湧き起こるけど……これが使えると使えないとじゃ効率が違いすぎるし、諦めて使おう。

空間魔法、《次元収納《パラレルスペース》》。異次元空間に非生物の物品を仕舞い込んで時間の経過を止め、自由に持ち運べる魔法だ。

魔法使いの技量によって空間の規模や時間停止の影響力は変わるにせよ、使うだけなら魔法使いの間では割と一般的な魔法……の、はずが。

「ああ、うん……もう驚かないよ、アタイ」

キラービーとブレードマンティスの死体を全て収納すると、エメルダは何やら遠くを見るような目をしている。

本当に、使い魔だってことを疑われないレベルを探るの難しいな……。

そんなことを思いながら、俺は二人と一緒に森の探索を続けるのだった。

9

『ティアナ、随分歩いたけど……疲れてないのか？』

「ふえ？」

森の中で狩りを始めて三時間ほど。いい加減休んだ方がいいんじゃないかと声をかけてみた。

ところが、問われたティアナはと言えば、どうしてそんなことを聞くのかとばかりにきょとんとしている。

「ティアナ様、体は小さいのに昔からすごい体力だからねえ。町で見かけると、商店の爺さんが大荷物運び込むの手伝ってたりするし」

「うーん、そうなのかな？」

ティアナ自身はあまり自覚がないのか、ただ首を傾げるばかり。

一応、俺が身体強化を補助してはいるんだが、それにしても慣れない森の中となれば、足場の悪さもあって普通は疲れが溜まるのを避けられない。それがないとなると、よっぽど体幹《たいかん》が強いんだろうか。

そうでなくとも、身体強化だって魔力を消費しないわけじゃないんだ。こうも長時間ぶっ続けで使い続ければ、並の魔法使いなら一時間もしないうちに枯渇しそうなもんだが……この様子だとどっちも余裕そうだな。

魔力、体力、それに体幹も優れてるとは……ティアナって、魔法が使えないだけで案外スペック高いんじゃないか？

「とはいえ、初めてであまり無理をするのも良くないしね。今日のところは、早めに切り上げて戻ろうか」

『それは俺としても賛成するところだが、今ある成果でいくらくらいの稼ぎになるんだ？』

安全策を口にするエメルダに、俺は一番肝心なところを尋ねる。

現時点で、俺達が討伐した魔物は十三体。空間魔法が珍しいなら、普通の冒険者よりずっと効率良く進められてるとは思うんだが……。

「そうだねえ、査定次第ではあるけど、全部で金貨三枚ってところじゃないかい？」

『ふーむ、なるほど』

俺が生きていた時代と物価も違うから何とも言えないが、町中を歩く中でチラ見した物の値段から考えれば、金貨一枚で一般的な平民一家が一ヶ月は暮らせるだろう。

そう考えると、俺達とエメルダで山分けするにしても、その日暮らしの冒険者としては十分過ぎる稼ぎと言える。

ただ……俺達の目的は、冒険者として稼ぐことじゃなく、賠償金を支払うこと。

カンザスとクルトの会話を盗み聞きした限りでは、白金貨五枚……金貨にして五百枚分も要求されてるみたいだし、この程度じゃ全く足りん。

『そうだな、じゃあ次で最後ってことにしないか？　俺が索敵魔法で良い感じの獲物を見付けてみるからさ。もちろん、二人が無理そうならやらないが』

「私は全然平気だよ、まだやれる！」

『オッケー。エメルダは、問題ないか？』

「まあ、一体くらいならね。せめてアタイが対処出来るレベルの魔物にしておくれよ」

『分かってるさ』

転生前の俺ならともかく、今の俺にはあまり強力な魔法は使えない。ティアナが耐えきれないし、俺自身百パーセント他人の魔力じゃ制御しきる自信がないからな。

それを思えば、今回はほどほどの敵に抑えておくのは当然と言える。

『それじゃあ行くぞ、《魔力感知《マナサーチ》》』

魔力を薄く、広範囲に引き延ばし、それに触れた生物の魔力反応を探る魔法。その効果で、近くにいる魔物の位置と強さを大まかに割り出す。

んー、魔物災害の影響か、やっぱりこうして見ると魔物が多いな。何匹か強力な個体も混じってる。

ついでに、災害の発生原因でも掴めたら御の字だと思ってたんだが、さすがにそれは欲張り過ぎか。

ここは予定通り、この中から手頃な獲物を――

『あ、やべえ』

「ラル君？」

「どうしたんだい？」

『いや、かなり強力な魔力を持った個体が真っ直ぐこっちに向かってきてる。相当強いぞ、こいつ……最低でもB、いやAランククラスの魔力がある』

魔物を一匹ずつ精査している段階で、俺の索敵魔法に感付いたな。逆探知で居場所を探り出されたんなら、今から逃げても間に合わない。

「はあ!? Aランクの魔物なんて、アタイでも時間稼ぎくらいしか……！ そいつは一体……」

『説明してる時間はない、来るぞ』

「グオォォォォ!!」

俺が警告を発すると同時に、大気を震わす咆哮が轟く。

ビリビリと物理的な圧力すら伴う声と共に現れたのは、見上げるほどの巨躯を誇る美しい獣。

新雪を思わせる白の毛並みと鋭い牙を持つ、超大型の狼だった。

「ははは……何がAランクだ、こいつはフェンリル……ドラゴンにも並ぶ最強のSランク魔物じゃないかい……!!」

西に傾き始めた太陽に照らされ、赤黒く燃える森の中。主の到来を喜ぶかのように、梢《こずえ》が打

ち鳴らすざわめきの音が大きくなる。一歩踏みしめるごとに撒き散らされる魔力が肌を撫で、全身を悪寒が駆け抜ける。

ただそこに存在するだけで大地すらも従える神狼が、怒りの感情も露わに俺達に対してその牙を剥くのだった。

⑩

『フェンリルか……想定外だけど、まあこれはこれで好都合か？』

全身の毛を逆立て、臨戦態勢で構える神狼を見ながら、俺は彼我の戦力差を考察する。

相手はSランクの魔物だ、エメルダも勝てないし、むしろ守ってやらなきゃならないだろう。

俺もこんな体じゃ全力は出せないし、ティアナは当然戦力外、あまり状況は良くないけど
……それを考慮しても、勝つだけなら十分出来る。

問題は、フェンリルの素材で一番高価なの、毛皮なんだよなー……フェンリル相手に、一切外傷を負わせずに討伐なんて出来るか？　ちと難しい。

「えっ……好都合って、まさかラル、フェンリルと戦うつもりかい⁉　そんな無茶な‼」

『無茶とは言うが、どっちみち向こうはこのまま逃がしてくれそうにないぞ？』

「グオォォォ‼」

エメルダの悲鳴染みた声を引き裂くように、フェンリルが猛然と飛び掛かって来る。

膨大な魔力によって引き上げられた膂力が大地を砕き、その巨体を一陣の風と化して駆ける姿は、さながら一発の砲弾の如く。軽く掠っただけで人間なんてぺちゃんこだろうけど……だったら。

『《大気爆破《エアブラスト》》!!』

当たらなければいいだけだ。

「ギャオゥ⁉」

突っ込んで来るフェンリルの鼻先で、空気を破裂させる。

爆風の威力で体が持ち上がり、俺達の頭上を通り過ぎて行ったフェンリルの巨体が、背後で森の木々を折り砕きながら転がっていく。

『ティアナ、大丈夫か？』

「え？　う、うん」

『よし。ならそのまま、出来るだけ冷静に魔力練っといてくれ、そうすれば、後は俺がどうにかする』

現状でもフェンリルに勝てるっていうのは、あくまでティアナがこのまま俺に魔力を供給し続けられたらの話だ。

心が恐怖に凍てつけば、魔力も委縮して弱くなる。その点、ティアナはフェンリルを前にしても全く魔力が揺らいでない。

この勝負度胸は、魔法使いにとって中々得難いもんだ。本当、最初に俺を拾ってくれたのがティアナだったのは、ぬいぐるみなんかに転生しちまった俺の唯一の幸運だな。

「グルルゥ……おのれ奇怪な人形め、我の攻撃を止めるとは!!」

『ん？　なんだお前、喋れるのか』

さほどダメージもなかったのか、あっさりと起き上がったフェンリルが話しかけて来た。

高位の魔物なら、人の言葉を理解する例もないではないが……それにしても、ここまで流暢に喋るのは中々だな。

場合によっちゃ、喋れるだけの知能があっても、わざわざ人如きの言葉を使わないなんて奴もいるし、こいつは珍しい。

「だが、我は引かぬぞ……森を荒らした報い、必ず受けさせてくれる!!」

『は？　いや、何の話……』

「ガルオォォォ!!」

『って、聞いちゃいねーな』

雄叫びと共に飛び掛かり、前足の爪を用いて襲い掛かってくるフェンリル。

その攻撃を、俺は風魔法で大気の壁を作り出すことで防ぎ、無理矢理押し戻す。

それでも尚、フェンリルは諦めることなく何度も攻撃を繰り出して来た。

ううーん、こうも興奮状態だと、力ずくで仕留める以外の方法があまり取れないな。さっきの《虚空《エアゼロ》》もフェンリルには通じないだろうし、どうしたもんか。

「クッ……ならば、これでどうだ!!」

悩んでいると、フェンリルが全身の魔力を更に高め、口内に収束させ始めた。

極寒の冷気が生成され、周囲の大気がパキパキと音を立てて凍結していく。

あ、これはちょっとまずいかも。

『エメルダ、ティアナにくっつけ。距離があると守りにくい』

「こ、これでいいかい？」

『おう、それでオッケーだ』

エメルダも同様に……いや、俺と違って本当にヤバイと思ったんだろう。ティアナを守るようにぎゅっと抱き締める姿を見て、思わず心の内で笑みが溢れる。

そして、俺はそんな心配は無用だと示すべく、目の前に魔法陣を展開した。

『《次元障壁《ディメンジョンガード》》!!』

「グオォォォ!!」

フェンリルの口から放たれた氷のブレスが、俺の張った空間属性の壁と激突、そのまま押し止める。

ところが、激突の余波で撒き散らされた冷気によってみるみるうちに周囲の気温が低下し、近くにあった草花が氷漬けになっていく。

「防いだからといって、助かったなどと思うなよ!!　このまま、貴様等全員氷漬けにしてくれる!!」

たとえ防ごうと回避しようと、周囲全てを凍結させて相手にダメージを与える範囲攻撃魔法。

派手なブレス攻撃に気を取られ、それに対する直接的な対処にばかり意識を向ければ、こうして変化していく周囲の環境によって徐々に命を蝕まれる、かなりえげつない魔法だ。

けどな。

「バカな……なぜ、平然としていられる⁉」

その程度じゃ、俺には勝てんよ。

『別に、最初から正面に限らず、全方位に空間障壁を張ってガードしただけだ。空間ごと隔離しちまえば、冷気も魔法も入って来れないからな。それと……』

凍り付いていく地面が、俺達の周囲でぴたりとその侵食を止めたことに、フェンリルが驚愕のあまり目を見開く。

その隙に、俺は新たな魔法陣を追加展開。フェンリルの真横に、こっそりと空間転移の門を生成した。

『あんまり派手に暴れんじゃねえよ、ティアナが怪我するだろうが』

「ぐあぁぁぁぁぁ⁉」

防御魔法の前に、もう一つの門を生成。パカリと空いた空間の穴にブレスが飲み込まれていくと同時、フェンリルの真横から勢いよく解き放たれた。

無防備な横腹に自らの渾身の一撃を受け、凍り付いていくフェンリル。

発射口となる門の位置を調整し、抵抗されないように上手く全身を凍らせた俺は、ほっと息を吐き出して魔法を解除した。

「まさか……こんなにあっさり、フェンリルを無力化するなんて……」

目の前の光景が信じられないのか、ぽかんと口を開けたまま固まるエメルダ。

まあ、正直俺としても、このフェンリルがここまで出来るとは思ってなかったからちょっと焦ったよ。

「おのれ……まさか人間の玩具風情が、ここまでの力を持っていようとは……!! だが、まだだ……まだ、我は戦える……!!」

『いやマジかよ、まだ動けるのか』

氷漬けになった状態のまま、どうにか抵抗しようともがくフェンリルを見て、俺は思わず呻いた。

フェンリルなりドラゴンなり、Sランクの魔物とは生前に何度か戦ってるけど、ここまでしぶとい奴は初めてだよ。

うーん、ここからどうすっかな……。

「……ラル君、ちょっと待っててね」

『ティアナ？　何を……』

悩んでいると、ティアナが俺をエメルダに預け、一人でフェンリルに近付いていった。

いや、待て待て⁉

『ティアナ！　いくら氷漬けになってるからって、相手はフェンリルだ、近づくと危ないぞ!!』

「大丈夫だから、任せて」

何が大丈夫なのか分からないが、どうもティアナは本気らしい。油断するでもなく、緊張の面持ちでフェンリルの前に進み出た。

……まあ何か考えがあるようだし、ひとまず自由にさせてみるか。いつでも助けに入れるように、魔法の準備だけしておこう。

「フェンリルさん、あなた、この森の守護獣だよね……？　私達はあなたと戦いに来たわけじゃないの、お願いだから、何を怒ってるのか教えて？」

『えっ、守護獣なの？』

俺が思わず呟いた言葉は、幸か不幸か誰の耳にも届かなかった。

魔物は基本的に凶暴で好戦的、可能であれば見付け次第討伐が推奨されているが、中にはそうでないものもいる。

それが、俗に守護獣と呼ばれる存在。その強力な力で自身以外の魔物を狩り、周辺地域の安定化に貢献してくれる存在だ。

もちろん、守護獣とて善意でやってくれているわけじゃなく、単に自分の縄張りを荒らす敵を排除してるだけなんだが……彼らほどの存在になると、人間程度は敵として認識されないようで、怒らせない限り積極的に襲って来なくなるのだ。

そういう事情もあって、場所によっては土地神として信仰を集めていたりもするから、守護獣には手出ししないのが冒険者達にとって暗黙の了解……なんだが……。

うん、俺普通にこのフェンリルのこと、金になる素材としてしか見てなかったよ。あのまま一人でやってたらヤバかった。

そうだよな、よく考えたらこの森の名前、〝魔狼の森〟だもんな。少し考えれば分かることだったよ。うん、次からは気を付けよう。

「そうだ、この森は我ら一族が代々守り抜いて来た、主との約束の地だ！　それを、貴様ら人間の手で穢されたのだ……!!」

「待って、私達はただ魔物を狩りに来ただけで、森を穢したりなんて……！」

「白々しい!!　そこの奇妙な人形が持つ、人の身を超えた力……大地より数多《あまた》の魔物を産み出し従えてみせたあの人間と、よもや無関係とは言わせんぞ!!」

『魔物を産み出した……？』

こっそりと反省する俺の耳に、予想外の一言が飛び込んで来た。

魔物は、精霊のように実体を持たない存在とは違う、歴とした生き物だ。地面から急に生えたりはしないはず。

唯一の例外は魔王の力だけど……あれは人間が使えるような魔法じゃない。どういうことだ？

「ラル君は敵じゃないよ！　あなたも分かってるでしょ？　ラル君、戦い始めた時からずっとあなたが死なないように手加減してたもん。ラル君が本気だったら、あなたはもう死んでるよ！」

「…………」

俺の疑問を余所に、ティアナがとんでもないことを言い出した。

あのー、ティアナさん？　俺が手加減してたのは、あくまで素材を完全な状態で手に入れるためであって、殺さないように気を遣ってたわけじゃないからね？

というか、煽るのはやめなさい煽るのは。フェンリルめっちゃ怒ってるから。氷がビキビキいって今にも解放されそうだから。

「そもそも、ラル君は最初からあなたに話し掛けてたのに、それも無視して一方的に攻撃して！　森が荒らされて、悲しいのは分かるけど……ちゃんと落ち着いてくれなきゃ、助けてあげることも出来ないよ！」

「貴様……我を舐めておるのか？　確かにそこの奇怪な玩具にしてやられた身ではあるが、貴様を捻り潰すくらいの力はまだ残っておるぞ？」

牙を見せながら、獰猛に威嚇するフェンリル。

離れた場所にいるエメルダすら震え上がる覇気を前に、それでもティアナは臆することなくハッキリと自らの意思を言葉として示す。

「舐めてなんかないよ。私はフェンリルさんの力になりたいだけだから」

「力になりたいだと？　そんなことをして貴様に何の得がある」

「損得じゃないよ。だって、私はランドール家の娘だから！　同じランドール領に住む仲間の力になりたいって思うのは当然でしょ⁉」

ティアナの言葉に、フェンリルが目を見開く。

何も言い返せずに固まるフェンリルへと、ティアナはそっと手を伸ばした。

「だから、ね……？　何があったか、私に教えて？　大丈夫、きっと何とかなるから！」

にこりと微笑みながら、ティアナがフェンリルを縛《いまし》める氷にそっと触れる。

ティアナの内から溢れる魔力が、氷越しにフェンリルへと注ぎ込まれていく。

「これは……」

「体が凍っちゃって、寒かったよね？　私が暖めてあげる！」

身体強化を、フェンリルにも使わせてあげようとしてるんだろうか。俺が教えたのと同じように、魔力を循環させている。

……これをやると身体機能が上がって体が熱くなったと感じるけど、あくまでそれは錯覚。ついでに言えば、他者の体内で魔力を動かすのはかなりの技量が必要だから、ティアナにはほとんど出来てない。

それでも、フェンリルの心を解きほぐす力はあったらしい。その怒りの大きさを表すかのように逆立っていた全身の毛が落ち着きを取り戻し、効力を失った氷が砕けても尚、再び戦意を取り戻すことはなかった。

「……変わった娘だ。貴様、名はなんという？」

「ティアナ。ティアナ・ランドールだよ」

「ティアナか、覚えておこう」

ふっと、フェンリルは笑みを浮かべ、力尽きるようにその場に伏せる。

大丈夫かと心配するティアナに、問題ないとばかりに鼻を鳴らした。

「ティアナの言う通り、手加減はされたようだからな、しばし休めば回復するだろう。しかし……こう言ってはなんだが、我がこうも手も足も出ず敗北するとは思わなかったぞ。ティアナの人形よ、人はおろか、生物ですらない身でその力……一体何者だ？」

フェンリルの視線が、事が済んでティアナの胸元へ舞い戻った俺へと注がれる。

半端な誤魔化しは許さないとばかりに睨まれて、これは使い魔だの精霊だの言ったところで信じて貰えそうにないかと溜息を溢す。

エメルダもいるけど……まあ、一人だけだし、口止めしておけばいいか。

『俺の名は、ラルフ・ボルドー。三百年前に魔王と戦った、当時最強の大賢者の転生体だ。信じられない……以前に、そもそもラルフって言われても分か――』

「な、なにぃぃぃぃ!?　ら、ラルフ様ですとぉ!?」

分からないかもしれないが、と続けようとした俺の言葉を遮って、フェンリルが絶叫する。

えっ、何、俺のこと知ってんの？

「ま、まさかラルフ様がそのようなお姿で復活なさっておられるとは思いもよらず、かような狼藉《ろうぜき》……!!　かくなる上は、この身を捧げて贖罪《しょくざい》と致します!!」

『いや、待て待て、いきなり過ぎて話についていけないんだが。何で俺のこと知ってんの、お前？』

その場でひっくり返り、腹を上に向ける服従のポーズを見せるフェンリルを前に、流石の俺も、そしてティアナさえも困惑する。

そこでようやく、何の事情も説明していないことに気付いたのか。くるりと横転して元のお座り姿勢に戻るフェンリル。

……お前、全身氷漬けになってたのにまだまだ元気だな、おい。

「確かに、ラルフ様は我と面識がない故、そのような反応になるのも致し方ないでしょう。しかし、我が一族はあなた様から受けた恩義を一日たりとも忘れたことは御座いません!!」

『フェンリルの知り合いなんていないぞ。また別の誰かと勘違いしてねえ?』

「いいえ、間違いありません!! 先代のフェンリルが確かにそう申しておりました!!」

何でも、先代のフェンリルがまだ幼いただの魔狼だった頃、俺に助けられたことがあったらしい。

魔物同士の縄張り争いに破れ、傷付き倒れていたところを保護され、怪我を癒やした後に安全な移住先すら提供してもらったのだそう。

「魔物と人間、決して馴れ合うことのない関係でありながらも優しく手を差し伸べ、その力を尽くして助けてくださったのだと。更に、たった一匹で生き延びなければならない先代がため、膨大な魔力をお与えになり……『その力で今度こそ皆を守れ』と、そう言い残して森を去ったと聞きました」

『………………』

いや、うん。確かにね、そんなことをした覚えはある。

でもな、別にそう大した理由でやったわけじゃないから。ただ仕事で遠出する帰りに、ニーミの奴に土産を用意するの忘れてたから、ペットとか喜ぶかなーなんて適当に拾っただけだから。

しかも、土壇場で王都に魔物を連れ込めないのを思い出して、今更処分するのも可哀想だからって適当な森に放流しただけだから。

一応、人を襲わないように暗示魔法をかけた覚えはあるけど……あの暗示、そんな風に解釈されてたの？　やっぱり人間相手の暗示を魔物に使うもんじゃないな。

「それだけでは御座いません。あの憎き魔王が現れ、この森が消滅の危機に瀕した際も、ラルフ様はその身を犠牲に森を守ってくださりました……!!　その時、我はまだ生まれたばかりの子狼でしたが、ラルフ様の勇姿を忘れたことなど御座いません!!　そして決めたのです、ラルフ様を生涯の主と定め、そのお力に救われた我が一族の誇りに懸け、必ずやこの森を守り抜くと!!」

いや、あの戦いの最中、近くに森があることすら意識してなかったんだが？　王国を守ることすらニーミを逃がすための建前だったんだぞ。森とか正直どうでも良かったよ俺。そんな俺を主扱いしていいのかお前は？

「それなのに……こうしてラルフ様が、そのような奇怪な姿に成り果ててまで再び森の危機に馳せ参じてくださったというのに、我は……我は!!　ワオォォォン!!」

『いやもう、気にするなよ……俺は気にしてないからさ、うん……』

別に森の危機に馳せ参じたわけじゃねえよ、ただ金稼ぎに来ただけだ。何なら、最初はお前のこと殺そうとしてたからな？　守護獣なのに。

善行どころか、むしろ悪行認定されそうな行いでこうも感謝されると、もはやどういう反応していいか分かんねえよ。頼むから落ち着いてくれ。

それからティアナ、俺を可愛がってくれるのは嬉しいけど、奇怪な姿なのはもう事実だから受け入れてくれ。ここでそんな悲しそうな顔されると余計に話がややこしくなるわ。

「なんと!?　主に牙を剥いた我の行いを不問にするると仰るのですか!?　流石はラルフ様、なんと慈悲深い……!!」

『だから……いやうん、もういいや、それで……』

なぜか益々俺に対する尊敬の念を強めるフェンリルに、ガックリと肩を落とす。

て、訂正するのも面倒くせえ……本当、過度に崇められるのも考えものだな、これ……。

『あーもう、そんな話はいいんだよ!!　それよりフェンリル、さっき言ってた人間が魔物を産み出したって話、詳しく聞かせろ』

「おっと、承知しましたぞ、ラルフ様」

もうこれ以上は何を言っても裏目にしかならないと判断した俺は、強引に話題の転換を試みる。

ようやく俺の言葉を素直に聞いてくれたフェンリルは、やっと事情を説明し始めた。

おかしい、戦闘自体はすぐ片付いたはずなのに、ここまで長かったな……。

「あの日、突如として森の中で、強大な魔法の発動を感知しまして。その場に急行したところ、見知らぬ人間が謎の魔法薬を森にばら撒いていたのです」

『魔法薬？』

「はい。悍《おぞ》ましい魔力を宿した、初めて目にする魔法薬です。それがばら撒かれた端から、次々と魔物が大地より湧き出るように現れ……我がその対処に追われている内に、魔物の一部を率いて人間は森を出て行ったのです。攻撃は仕掛けたのですが、惜しくも仕留め損ないました」

『魔物を率いてね……ちなみに、その人間が向かった方角は分かるか？』

「確か、あちらの方だったかと記憶しておりますぞ」

フェンリルが指したのは、ちょうどルーベルト領がある方角だった。

ふむ、色々とおかしなことが多いとは思ってたけど、やっぱり誰かが人為的に起こした魔物災害だったのか。

『その人間の特徴は？』

「ローブのような物を羽織り、体格も顔も隠しておりましたのでなんとも。男だったとは思いますが」

『そうか……いや、十分だ。ありがとな、フェンリル』

「ラルフ様のお役に立てたのであれば、光栄であります」

フェンリルは、器用にペコリと頭を下げる。

しかしまあ……思ったよりもキナ臭くなってきたな。

『ランドール家を貶めようとしたのか、ルーベルト領の襲撃が目的なのか……まあ、今は情報が足りないし、ここであれこれ考えても仕方ないな。どっちにしろ、まずは目の前の賠償金をどうにかしないと』

フェンリルの素材が集まれば、賠償金も一気に返済できると思ったんだが……いくらなんでも、こんなに慕ってくれてる魔物を金に換える趣味は俺にもない。

となれば、また新しい獲物を見繕わないといけないんだけど……今日はもうティアナも疲れただろう。この分だと、果たして目標額を貯めるのにどれだけかかるか分からないし、また何か別の手を考えないとなぁ。

「賠償金、とは?」

『ああ、実は……』

この場でただ一人（一匹？）事情を知らないフェンリルにも、俺達が森にやって来た経緯とその理由を説明しておく。

すると、フェンリルは「それならば」と呟き立ち上がった。

「森の奥に、我が近頃狩った魔物の喰い残しがありますぞ。肉はもうありませぬが、それ以外ならば転がっておりますゆえ、使えるのではありませぬかな？」

『お、マジか。それは助かるな』

魔物の素材は、大体が毛皮や骨、眼球や内臓、それと魔石だ。

このうち、毛皮と内臓はフェンリルの喰い残しなら使える部分はないかもしれないが、骨や魔石はほぼ完全な状態で残ってるだろうし、上手くすれば一気に賠償金を支払えるぞ。

「貰っちゃっていいの？　フェンリルさん」

「我には無用の物だ、構わぬよ。こちらから襲ってしまった詫びと思ってくれ。それに……」

ティアナの問い掛けに、フェンリルは少しだけ躊躇《ためら》うように間を空けると、どこか照れ臭そうに再度口を開いた。

「我らは、同じ地に棲む仲間、なのだろう？　ならば、困っていれば助け合うのは当然のこと。違うか？　ティアナよ」

「……!!　ありがとう、フェンリルさん！」

フェンリルの言葉がよほど嬉しかったのか、勢いよくその体に抱き付くティアナ。

すると、ふと何かを思い付いたのか、「あ、そうだ」と手を叩く。

「ねえ、フェンリルさんって名前はないの？」

「名前？　それならフェンリルという名があるだろう」

「でもそれって、種族名だよね？　あなた個人の名前は？」

「それは無いが……」

「じゃあ、素材のお礼に私がつけてあげる！」

「名前を、か？」

「うん！　ダメかな？」

「……まあ、あって困るものでもなし、構わんぞ」

あまり乗り気でもなさそうなフェンリルだったが、ティアナの無垢な瞳にじーっ、と見つめられ、あっさりと折れた。

どうやらSランク級の魔物も、子供には弱いらしい。俺もニーミに散々同じ手で押し切られたからな、分かるぞ。

「やった！　それじゃあね、うーん……アッシュ！　アッシュでどう？」

「アッシュか……ふむ、まあ悪くないな。では、これから我はアッシュ……フェンリルのアッシュと名乗ろう」

「えへへ、よろしくねアッシュ！」

むぎゅーっ、と再び抱き付くティアナに、フェンリル……アッシュも何だかんだ満更でもない様子。

そんな二人を、エメルダが少し離れた場所から呆然と見つめていた。

「は、ははは……フェンリルに遭遇するわ、ラルフ様の転生体なんてのに遭遇するわ、ティアナ様もどういうわけかフェンリルに懐かれてるし……アタイは夢でも見てんのかい？」

どうやら、色々ありすぎて現実逃避状態らしい。なんかすまん。

『元気出せって！　ほら、素材の山分けだってするし……最悪、同意の上なら記憶消去の魔法も使えるから』

「怖いこと言わないでおくれよ⁉」

夢だったことにしたいのかと思ったけど、そうでもなかったらしい。

ひとまず、エメルダには俺のことを黙っていてもらうよう約束し、その日は無事解散ということに。

アッシュが溜め込んでいた魔物素材は随分と高位の魔物が交じっていたらしく、ギルドで鑑定して貰ったところ、賠償金の支払いには十分な額になることが分かった。

まさか一日で貯まるとは俺も思ってなかったけど……さて、これでどうなるかな？

まあ、何よりもまず、このことをクルトにどう説明するかって話だけど。

⑪

「うぅ、お父様、何もあんなに怒らなくてもいいじゃないですかぁ」

ブツブツと文句を垂れながら、俺を腕の中に抱えたティアナが朝日を背景に町を歩く。

魔狼の森から無事帰還し、手に入れた素材から金を稼ぐことに成功した俺達……だが、それはそれ。勝手に危険な森に入ったことで、ティアナは父親に夜通しこってりと絞られることになった。

そんなティアナの、やや寝不足感のある可愛らしい抗議の声を受け、隣を歩くクルトは溜息を溢す。

「ティアナ、お前が家のことを考えて金を作ろうと考えてくれたことは嬉しい。だが、いくらラルフ様がいるとはいえ、未だ戦う術を持たないお前が森に行くのは危険過ぎる。次からはせめて、一言相談してからにしてくれ」

『おお……』

俺からすると、どうにも思い込みが激しい変人という印象が強かったクルトも、ティアナを前にするとちゃんと父親なんだな。

うんうん、ちゃんと領主らしいところもあるじゃないか――

「そうすれば……そうすれば!! あるいは俺がラルフ様と一緒に森へ向かい、華麗なるコンビネーションでフェンリルと相対する道もあったかもしれんのに!!」

『結局そこかよ!!』

一瞬でも感心した俺がバカだったよ。本当にブレないなこの父親。

それにそもそも、あんたじゃ魔力が足りな過ぎて論外だよ――なんて。ハッキリ言ったらこの父親泣きそうだから言わないけどさ。

「まあ、冗談はほどほどにしてだ。ティアナのお陰で、こうして早い段階で金を用意出来たのは僥倖だった。このまま行けば、金の代わりにどんな無理難題を吹っ掛けられるか分かったものじゃなかったしな」

「えへへ……」

クルトに頭を撫でられ、ティアナは嬉しそうに表情を緩める。うん、父娘仲が良いのはいいことだ。

「さて、着いたぞ」

そんなやり取りを挟みながら、二人がやって来たのは町にある宿屋の一つ。王都の物なんかと比べたら微妙だが、一応は高級宿屋に分類される場所だ。

なぜこんなところに来たかと言えば、もちろんカンザスに賠償金を支払うため。予定では、今日一日ここに滞在し、明日ルーベルト領に帰る予定なのだという。

「クルト・ランドール男爵だ。カンザス・ルーベルト子爵にお取り次ぎ願いたい」

「承りました」

宿屋の主人にそう頼めば、さほど時間も置かず奥の応接室へと通される。

相手の方が立場が上で、予定にはなかった突然の訪問。下手すれば相当な時間待たされることも覚悟してたんだが……田舎町じゃやることもなくて暇だったんだろうか？

「ふふん、よく来たな、ランドール卿。ティアナ嬢も、昨日ぶりだ」

「おはようございます、ルーベルト卿。その節はちゃんとしたご挨拶も出来ず、申し訳ございませんでした」

スカートの端を片手で摘まんで、軽くお辞儀するティアナ。

貴族令嬢としては普通の挨拶だけど、若干表情が硬いのはご愛敬。昨日の今日だし、緊張してるんだろうな。

当然、カンザスがそれに気付かないはずもなく、また嫌みの一つでも返される……と思いきや、特に何事もなくスルーされた。

どことなく、ソワソワと落ち着きがない雰囲気を漂わせながら、どかりと大仰な仕草でソファに座るなり、クルト達へと対面に座るよう促すカンザス。

相変わらずクルト親子を小馬鹿にしたような態度ではあるけど、ティアナのこといいどこか機嫌が良さそうに見える。

昨日はこいつの息子をやり込めたし、何なら会って早々罵声の一つでも飛んで来るんじゃないかと思ってたんだが、どういう風の吹き回しだ？

「お忙しいところ申し訳ない。どうしても、ルーベルト卿がおられる内にお話をと思いまして」

「構わんよ。息子も何やら、しばらくこの町に滞在したいと言い出しているのでな、少し予定を引き延ばそうかと思っていたところだ」

あいつ、昨日の今日で町の散策なんてしてたのか。

何のつもりかは分からないけど、この様子だと俺にやられたことは話してないのか？　プライドのせいでティアナに負けたなんて言えなかっただけかもしれないけど、そこは素直に助かったな。

「それでランドール卿、用件は何かな？」

「実は、賠償金についてなのですが……」

クルトがそう切り出すと、カンザスの表情が一瞬だけ、これ以上ないほどに喜色に染まる。

随分と分かりやすい反応だな。もしかして、追い詰められたクルトが泣きを入れに来たとでも思ったのか？　昨日の今日だし、そう思うのも仕方ないと言えば仕方ないんだけど……だとしたら、ご愁傷様といったところか。

何せ、金はもうあるんだし。

「おや、それについては昨日、十分に話し合ったつもりでしたがなぁ。こちらとしても、愛する我が民に被害が出ているのでな、賠償金については譲歩出来ないと」

「ええ、承知しております。ですので今日は金額についての交渉ではなく、無事に全額ご用意出来ましたのでそのご報告と、ルーベルト卿がおられる今のうちにお支払いをと思い、参上した次第です」

「もちろん、ランドール家とて財政的に厳しい状況なのは分かっておる。どうしてもと言うなら代案を……待て、今なんと言った？」

「ですから、今この場で全額お支払いします」

そう言って、クルトはテーブルの上に金貨が詰まった袋をドサリと載せる。

中に収まりきらず溢れた金貨を前に、カンザスは顎が外れそうなくらいあんぐりと口を開けて驚きを露わにしながら、その袋に飛び付いた。

「ば、バカな、そんなはずは……!?」

金貨が本物かどうか、金の含有量などを含めて判別する《金貨選定《メタルリーディング》》の魔法を使いつつ、カンザスはその枚数を数えていく。

当然、偽金もなければ枚数を誤魔化したりもしていないんだが、その結果が信じられないのか、カンザスは何度も何度も数え直し、魔法によるチェックをやり直している。

「あ、あり得ない……！　たった一日で、一体どうやって⁉」

「ルーベルト卿もご存じでしょうが、我が領には魔狼の森と呼ばれる高魔力地帯がありまして……そこの守護獣であるフェンリルを娘が手懐け、その棲み処に蓄えられていた大量の魔物素材を持ち帰って来たのです。これは、その換金によって得られた資金というわけですね」

「なっ、なぁ……⁉」

クルトの説明を受けて、カンザスは目を見開く。

まあ、驚くのも無理はないわな。いくら魔物災害の影響で魔物が増えていたとはいえ、まさかフェンリルが俺達に協力してくれるなんて思いもよらなかったし。

「ふ、ふざけるな‼　そんな都合の良い話があるはずがない‼　一体どのような汚い手で金を集めた⁉」

すると突然、カンザスは唾を吐き飛ばす勢いで怒りも露わに叫び始めた。

あまりにも唐突な変貌に、ティアナだけでなくクルトさえも驚いている。

「どのようなと言われましても、今申し上げた通りで……後ろめたいことなど何もありません」

「こんな小娘に、フェンリルを手懐けるなど出来るはずがない‼　それでも言い張るのであれば、証拠を見せてみよ、証拠を‼」

「は、はあ……証拠ですか」

カンザスの言い分に、困惑の表情を隠し切れないクルト。

仮にどんな金だったにせよ、カンザスにとってみれば関係ないはずだからな。今ここでそれに言及する意味が分からないんだろう。

こんないちゃもんをつけたところで、金が受け取れなくなるだけで何のメリットもないはずなんだが……何を考えてるんだ？

『まあいいや、証拠が欲しいって言うなら今すぐ見せてやるか』

「ラル君、どうするの？」

『決まってるだろ？　アッシュをここに呼びつける。それが一番早そうだ』

「え？　でも、アッシュは今森にいるし……町の中にまで連れて来ちゃうと、流石にみんなびっくりしちゃうんじゃ？」

『少しだけ……というか、この場で一部だけなら大丈夫だろ』

「？？」

首を傾げるティアナを余所に、俺はこっそりと魔法陣を構築する。

エメルダには即行でバラしちまったけど、あくまで俺はティアナの使い魔って扱いでいくのを変えるつもりはないから、出来るだけティアナが魔法を使ったように偽装して、と。

『《転移門《ワープゲート》》』

特定の地点と地点を繋げる空間魔法で、一度足を運んだアッシュの棲み処とこの場所を、まずは小さく接続する。

あくまで場所を指定することしか出来ないし、もし留守にしていたらまずかったんだけど、幸いにしてアッシュは棲み処でまったりしている最中だった。

よし、じゃあ後は空間の接続点を拡大してと……。

「むむ？　おおっ、我が主よ!!　いかがなされましたかな？」

アッシュの頭だけを、応接室に引っ張り出した。

『ちょっと困ったことになっててな。そのままでいいから、今はティアナを主と思って立ててやってくれ』

「心得ましたぞ!!」

あ、周りに気付かれないよう、俺の声はアッシュにしか届かないようにしてたんだが……一人で何か騒いでる変なフェンリルみたいになっちまったな。却って怪しまれたか？

そんな心配をしたものの、当のカンザスは突然目の前にフェンリルの巨大な頭部が現れたことで、驚きのあまりひっくり返っていた。

「ひぃぃ!?　な、なんだぁ!?」

驚かそうと思ったわけじゃないんだが……まあ、その方が好都合か。

「ええと、この子が魔狼の森の守護獣、フェンリルのアッシュです。私達、友達になりまして」

「む、我らはトモダチだったのか？　仲間だと言っていたが」

「仲間だけど、その中でも仲良しの友達！　ダメ？」

「いや、ダメではないぞ。我を名付けてくれたことだしな。うむ、我らはトモダチだ！」

何やら、主従ではなく友達という枠で収まった模様。まあ、これはこれでいいか。

頭だけしかこっちに来ていないとはいえ、その身から溢れる威圧感と魔力は本物だ。そんな存在がティアナと友達だと宣言してるんだから、今更嘘っぱちだなんて言い張れまい。

「……ルーベルト卿、これで納得していただけましたか？」

「っ……そう、だな……!!　どうやら、本当のことだったらしい……!!」

怒るべきかどうするか、みたいな複雑な表情を浮かべ……ひとまずはさも予定通りだという態度を貫くことにしたらしいクルト。

そんな彼の言葉を受けて、カンザスは全身から脂汗を流しながら立ち上がった。

たった今晒してしまった醜態を取り繕おうとするかのように乱れた衣服を整え、テーブルの上の金貨袋をひっ掴んで懐へと乱暴に仕舞い込む。

「では、私はこれで。ルーベルト領に帰らせていただく」

「もうお戻りになられるのですか？」

「この金で早く苦しむ民を助けなければならないのでな！　それから、最後に一つだけ言わせて貰うが」

振り向きざま、カンザスがティアナを睨みつける。

ランドール家に請求していた賠償金は全額支払われ、その出所も判明した。こいつからすれば万々歳な結果のはずなのに、憎しみすら感じさせるその視線に、ティアナはただただ戸惑うように視線を彷徨わせた。

「そのような獣を従えたからと、あまり調子に乗らないことだ。いくら守護獣と言ったところで、所詮魔物と人は相容れないのだからな。精々裏切られぬよう、飼い犬はしっかりと躾けておくがいい!!」

「我は飼い犬ではなく、ティアナのトモダチである!! 違《たが》えるな、人間!!」

「ひぃ!? で、ではな!! に、二度とこのような失態を犯すでないぞ!!」

アッシュにビビりまくりながらも、最後まで高圧的な態度を崩さないのは流石というかなんというか。

というか、確かこいつの息子は今町を散策してるって言ってなかったか? 置いて帰っていいのかよ? って、昨日も似たような流れあったな……。

何度も転びそうになりながら、足早に走り去っていくカンザスを見て、俺は何とも微妙な心地で苦笑を浮かべるのだった。

⑫

「くそっ!! まさか、ランドール家ごときが金を用意しきるとは……生意気な!!」

ガシャン!! と音を立て、床に叩き付けられた袋から無数の金貨が辺りに飛び散る。

クルト達から金を受け取ったカンザスは、ルーベルト領にある自身の館へと戻ってきていた。

名のある職人に作らせた彫刻や絵画、古代エルフ王朝時代の遺物とされる貴重な陶器などが無数に飾られた部屋の中、庶民が一生かかっても稼げないであろう大金をさも端た金の如く扱う姿はまさに貴族と言わんばかり。

しかし、そんな庶民からすれば贅沢極まりない行動を取る彼が浮かべる表情はむしろ、破滅を目前にした貧民の如く追い詰められていた。

「この程度の金では全く足りん!!　こんなことなら、もっと要求額を吊り上げておくべきだったか……!」

苛立ちも露わに、カンザスは部屋の中をウロウロと歩き回る。

よく見れば、彼の周りにある高価な調度品にはその悉《ことごと》くが〝差し押さえ品〟の札を貼られており、彼の現状を物語っていた。

ランドール家から掠め取った金を、端た金として扱わなければならない程に。

「だが、あの要求額にしても実際の被害から相当に盛った数字だったし、あれ以上となると不自然が過ぎたか……全く、ランドール家があのような化け物を飼い馴らしているなど、聞いていないぞ！　ああ、どうする、どうする……これでは計画が狂ってしまう」

落ち着きなく何度もつま先で床を叩きながら、カンザスは必死に思考を巡らせる。

本来なら、理不尽な金の要求によってランドール家が適度に追い込まれたところで、他の交換条件を提示して交渉をこちらにとって有利なものへと運ぶ腹積もりだった。

それが、森の守護獣を従えて一気に金を稼ぎきるなどという荒業で、思い切り盤面をひっくり返されてしまった。こんな事態は想定外にも程がある。

「まずい……まずいぞ。あの御方に見捨てられたら、ルーベルト家は終わりだ。どうにかしなければ……」

ランドール家が保有する〝ある物〟を入手すること――とある人物と交わした取引を思い出し、カンザスは爪を噛む。

取引を完遂出来なければ、〝あの御方〟に容赦なく切り捨てられる。もしそうなれば、待っているのは身の破滅だけ。

そんな恐怖心に駆られながら必死に思考を巡らせるも、彼の頭は何も妙案を捻り出してはくれなかった。

「フェンリル相手では力ずくで何かをするのも難しい、かと言って、再交渉しようにも金は受け取ってしまった……せめて、せめて何か繋がりを保たなければ……！」

その様子を家人が目にすれば、さぞ滑稽に映ったことだろう。延々と独り言を漏らしながらぐるぐると部屋を歩き回り、挙句考え事に夢中になり過ぎて机の角に足をぶつけてしまう。

痛みに悶え、苛立ちのままに机を蹴り飛ばし、より激しくなった痛みに悶絶し――そうしてしばし一人で騒ぎ終えたところで、ようやく一つの案が浮かび上がった。

「そうだ、何も金を受け取ったからと全て終わりではない、今後の対策という名目がある。それを足掛かりにすれば、まだ交渉を継続できる。後は、事の顛末をあの御方にきちんと報告すれば、最低限の面目は保てるはずだ!!」

そうと決まれば、とカンザスは机に飛び掛かり、二通の手紙をしたためる。

一つは、ランドール家に向けて。そしてもう一つは、彼の大切な取引相手……将来の主となるべき人物へと。

「おい、誰かおらんか!!」

「はい、何でしょうか」

「この手紙をすぐにランドール家と、いつもの伝言役に渡しておけ。それと……ベリアルの奴はどうした？」

部屋に入って来た執事に手紙を渡しつつ、ふと思い出した息子のことについて尋ねる。

カンザスの問いに、執事は困ったように眉根を寄せた。

「それが、まだ帰っておられないようでして……ランドール家への手紙を届ける際、早く戻るよう言付けておきます」

「そうだな。……ああいや、そのままで良い。ベリアルにはランドール領に留まり、連中の弱みを探し出すように伝えよ。こちらの方針が固まり次第、ランドール領で合流するとな」

「承知しました」

執事が一礼し、部屋を後にする。

一人残ったカンザスは窓の外、ランドール領のある方角に目を向け、歯を剥き出しにして笑った。

「これで勝ったと思うなよ、ランドールめ。あの御方が動けば、貴様等など取るに足らん存在だと教えてくれる!!」

ワハハハ！　と、カンザスの声が館中に響き渡る。

完全に他力本願だな、こいつ……と、去っていく執事が溜息を溢したのだが、笑い続けるカンザスがそれを知る由もなかった。

⑬

「うーー……難しい」

可愛らしい呻き声と共に、ティアナがパタリとテーブルに突っ伏す。

少しばかり変わった趣味のぬいぐるみに囲まれた部屋の中、窓から差し込む昼の陽気に照らされてパタパタと足を揺らす姿は、それだけで一枚の絵画になりそうなほど愛らしい。

けれど、そのままじゃダメだと思ったのか。しばしぐったりしていたティアナは、再び顔を上げてぐっと拳を握り込む。

「でも、まだまだ！　負けないぞぉー！」

握り込んだ拳を天井へと突き上げ、向かう先はテーブルに広げられた教材の山。

パラパラと本を捲り、その内容を読み進めようとして……またすぐに力尽きて倒れ伏す。

「あぐぅ～……」

『あははは、苦戦してるみたいだな、ティアナ』

ぷしゅう、と頭から湯気を出すティアナを見て、俺は軽く笑い飛ばす。

そんな反応に対して不服そうに頬を膨らませながら、ティアナは俺の体を捕まえてぎゅっと抱き締めた。

「だって、難しいんだもん……考えれば考えるほど頭がこんがらがっちゃう」

はあ、と溜め込んだ息を吐き出しながらも、俺を離すことなく何度も撫でまわして来る。よく分からないが、こうすると落ち着くらしい。

カンザスの一件から、既に一週間。子爵をやり込め、更にはフェンリルという強力な魔物を従えた家ということで、ランドール家は落ちこぼれ貴族の汚名をそそぎ、一定の発言力を有するまでになった。

更には、冒険者ギルドを通じて売買された希少な魔物素材を求めて数多の鍛冶師、細工師、薬師などがランドール領を訪れ、そんな彼らが扱う商品を手に入れるべく、商人や冒険者、旅人などが集まり、今領内は空前の好景気に沸いている。

当然、それらの立役者ということになっているティアナには、各方面からの面会依頼が後を絶たず……なまじ発言力が上がろうと底辺の男爵家であることに変わりないため、断ろうにも断れない相手というのも多くいるわけで。ここ数日、ティアナは貴族令嬢として慣れないおべっかを強いられていた。

魔法学園入学を目前に、大変そうだとは思うけど……俺がこうならなくて良かったと内心ホッとしてるのは内緒だ。

『疲れてるなら、少し休んだらどうだ？』

そんな罪悪感から、ってわけでもないけど、見るからに疲労困憊な様子のティアナにそう提案してみる。

だけど、それを聞いたティアナは少々渋い表情を浮かべた。

「でも、私は勉強が苦手だから、その分たくさん頑張らないと……」

『そんな嫌そうな顔で無理矢理詰め込もうとしたって、頭に入って来ないぞ。勉強ってのは楽しくやるもんだ』

「楽しく……？　勉強を？」

理解が及ばなかったのか、こてんと首を傾げる姿に思わず噴き出してしまう。

本当、子供ってのは勉強が嫌いな生き物だよな。勿体ない。

『ほら、俺だってずっと本読んで勉強してるけど、別に頑張ってるつもりなんてサラサラない。俺にとっては、これ自体が遊びみたいなもんだ』

そう言って目の前に《念動《テレキネシス》》の魔法で宙に浮かべて見せた本の名は、〝魔法大全〟。現代における魔法の知識が詰まった百科辞典みたいなものだ。

こうしてみると、やっぱり三百年も経っているだけあって魔法陣やそれを構築する理論なんかは昔よりずっと進んでいるようで、読んでいて中々面白いんだが……ティアナにはまだこの感覚は理解できないらしい。

「勉強が遊びかぁ、私には全然分かんない……本読んでるだけで頭痛くなっちゃうもん」

『ははは、まあ苦手意識持ってるとそうなるか。んじゃあ、そうだな……例えばこれ、見てみろ』

ペラリと、ティアナにも見えるように本を開く。

そこに描かれた複雑怪奇な魔法陣と隙間なく埋め尽くされた文字を見て、ティアナは一瞬で目を回した。

「うぅ……ラル君、これ何？」

『現代魔法における、各種属性の相関関係と変移について纏めたページだな。魔法にはそれぞれ、魔力をそのまま利用する無属性魔法と、各種属性を付与して様々な効果を得る属性魔法があるのは知ってるな？　そして属性魔法には更に細かく、炎、水、土、風、氷、雷、光、闇、時、空の十属性が存在しているんだが、この本によるとこれらの属性は単体として機能するのではなく、それぞれの属性と相互作用を起こして絶えず変化を続ける性質があり……』

「？？？？？？」

『……まあ、語るより実践した方がティアナには分かりやすいか。見てろよ』

ティアナの前で、ちょっとした魔法を発動。炎を浮かべ、空中で花の形に作り替える。

「おお～、すごい、魔法でこんなことも出来るんだ」

『驚くのはまだ早いぞ、こうすると……ほれっ』

次の瞬間、炎で形作られていた花が端から順に水の花へと変わり、風に変わり、土に変わり……と、次々にその構成を変えていく。

色も性質も文字通り七色を超え十色に変化する魔法の花に、ティアナは無邪気に瞳を輝かせた。

「すごいすごい‼　ねえねえ、今の何⁉」

『今見せたこのページに載ってることの、ちょっとした応用だな。一度付与した属性を他の属性に変換してるんだ』

「へぇぇ～！」

『これくらいなら、少し練習すれば出来るようになると思うぞ。ティアナもやってみるか？』

「うん、やりたい！　どうしたらいいの？」

『そう、それだよ、それ』

「それ……？？」

突然それと言われても理解出来なかったようで、ティアナは首を傾げる。

まあ、我ながら急すぎる話の転換だとは思うし、俺はもう一度開いた本のページを見せる。

『この本読んでも頭痛くなるだけって言ってたティアナが、俺が見せた魔法を使いたくて自分からやり方を知ろうとしただろ？　それが勉強を楽しむコツだよ』

ただ闇雲に知識を詰め込むだけなんて……まあそれが楽しいって奴もいるかもしれないが、中々難しいもんがある。

大事なのは、その知識で何がしたいか。どうなりたいかだ。

『ティアナは魔法学園に行って何がしたい？　それがはっきりすれば、自然と勉強にも身が入るようになるさ』

「何って、魔法を覚えて、強くなって……それから……」

考え込むように、ティアナはぐっと両手の拳を握り込む。

そんな姿に内心で微笑みながら、俺はポンポンとその頭を撫でた。

『まあ、まだ時間はあるんだ、ゆっくり考えてみればいい。それよりせっかくだ、勉強ついでに外で魔法の花を練習してみるか？』

「うん！」

ニコニコ笑顔でやる気を漲らせるティアナ。うん、可愛いな。

ニーミの奴も、最初はこんな風だったっけ。地道な訓練は嫌だって駄々捏ねるから、色々と工夫しながら修行つけてやったもんだけど……今頃元気にしてるかな？

そんなことを思いながら、俺はティアナに魔法の花の作り方を教えてみた。

これまで魔法を使えたことはないと言っていたけど、身体強化はすんなり覚えてたし、さほど苦労しないだろう……と思っていた。実際、それは間違いではなかったのだが。

「出来た！　ねえラル君、見て見て、ほら、出来たよ！」

ティアナの小さな掌に咲いた、白銀に近い半透明な花を見て、俺は何と言ったものか非常に反応に困った。

「……？　ラル君、どこかダメだった？」

『いや、よくこんなもん作れたなーと思ってな』

「ふえ？？」

本人は無自覚でやってるんだろう、こてりと首を傾げる姿を前に、俺は苦笑する。

この色、何の属性も付与されてない、完全な無属性魔力の花だ。

体内で動かす分にはともかく、体の外でこういった魔法の形に編み上げるなら、普通は何かしら属性を付与した方が操りやすいはずなんだが……やっぱり変わってるな、ティアナは。

『俺も驚くくらいにはよく出来てるってことだよ。凄いぞティアナ』

「えへへー」

ひとまず、ちょっとした不思議は棚上げにしてティアナを褒めてやると、嬉しそうにはしゃぎ出す。

ぶんぶんと振り回される尻尾を幻視してしまうほどご機嫌な姿を見ていると、なんだかこっちまで嬉しくなってくるな。可愛い。

ただ、何度やっても属性を付与して他の色を作ることだけは出来なかった。

「むむむ……むむむむ……！」

ぷるぷると震えながら力を溜め、魔力として放出……しては、次々と同じ色の花を空中に咲かせていく。

「うぅ……うまくいかない……」

さっきとは一転、溜息と共にがっくりと肩を落とすティアナを慰めるように、俺はその頭をポンポンと叩く。

『そう落ち込むな、これはこれで悪くない。見てろよ』

ティアナが咲かせた魔法の花を風魔法で集めながら、炎と氷の合わせ技で〝温かい氷〟を造って束ね、ちょっとしたブーケ風にまとめてみせた。

「わあ……きれい！」

氷に包まれて咲く半透明の銀花に、ティアナは瞳を輝かせる。

手に取った氷の感触に驚きながらも楽しげなその様子に、俺はほっと息を吐いた。

『ティアナはどうも、属性付与が出来ないみたいだけど……これだって誰にでも出来ることじゃない。得意なことなんて人それぞれなんだから、まずは今出せるその色をちゃんと誇れ。少なくとも、俺は好きだぞ、ティアナの魔力』

「えへへ、ありがとうラル君！」

変に属性が混ざりこんだ魔力より、よっぽど動かしやすいし。俺が。

そんな枕詞を省いた俺の言葉がよっぽど嬉しかったのか、ティアナは俺の体をむぎゅーっと思い切り抱き締めてくる。

その無邪気な笑顔に、子供だなぁ、なんて思いながら好きにさせていると、やがてやる気が戻ってきたのか、俺から離れて銀色の魔法花をせっせと練習し始めた。

一生懸命なその様子を微笑ましく横目に見ながら、俺もまた魔法大全の読み込みに戻っていく。

「えーっと、これをこうして……よし、出来た!!　ラル君、見て見て！」

『んー？』

「ゴブリンだぞー、がおー！」

そうして、読書に没頭することしばし。気付けばティアナは、銀色の花弁を自分の体に無数に張りつけ、随分と可愛らしい花ゴブリンの変装を披露するまでに成長していた。

……いや、うん。発想は面白いと思うんだが、魔法の花で花冠を作るとかネックレスを作るとかじゃなく、まず真っ先に思いつくのがゴブリンってところが何ともティアナらしいな。その謎のセンスはどこから来るんだ？

「あれ、変だった？」

『いや、面白いと思うぞ。その調子で頑張れ。よし、部屋に戻るか』

「うん！　頑張る！」

その後も、なぜかやたらと魔物変装シリーズを披露してくれるティアナを見て笑ったりしながら、俺自身はテーブルの上でひたすらに本を読み進めていく。

まったりと流れる、俺とティアナだけの穏やかな時間。

やがて魔法大全を読み終わり、パタンと本を閉じた俺はしかし、はあ、と大きく溜息を溢した。

『やっぱりないな……』

一週間で概ねこの屋敷にある本は全て読み終わったんだが……うーん、全く見付からん。

「ないって、何がないの？」

『いや、魔物を人工的に生み出す魔法。調べれば何かヒントくらい見つかるかと思ったんだが、これがさっぱりでな』

花だけでは再現度が足りないと思ったのか、オリジナルの形をいくつも組み合わせ、もはや色を除けばいっぱしの変装魔法と呼べるレベルにまで完成度が高まったオーガの姿で問いかけて来るティアナに、俺は出来るだけ真剣そうな雰囲気を保ったまままそう答える。

いや本当、ティアナは一体どこへ向かってるんだ？

「それって、アッシュが言ってたやつだよね？　変な男の人が森で魔物災害を起こしたって」

『ああ。賠償問題は片付いたけど、命を産み出すなんてとんでもない力まで使って起こされた事件だ、これだけで終わるとも思えないんだよな。それに……』

もし本当に、ゼロから魔物を作り出すなんて魔王と同等の魔法を、薬という形であっても人間が再現出来たのだとしたら。少し応用を利かせれば、俺のぬいぐるみの体に自前の魔力を宿らせる術が見つかるかもしれない。

いつまでもティアナの魔力に頼って活動するわけにもいかないし、出来れば犯人を捕まえて、その理論を教えてもらいたいんだよな。

えっ、相手は犯罪者なのにいいのかって？

いいんだよ、強くなれるなら犯罪者にだって習うぞ俺は。その後ぶっ飛ばすけど。

とはいえ、そのためには犯人のところまで行き着かなきゃならないわけで……少なくとも、屋敷の中でいくら考えたところで、これ以上新しい情報は無さそうだ。

『しゃーない、ちょっくら調べてくるか』

「どこに行くの？」

『アッシュのとこにな。まずは森から調べ直す』

この前は素材の回収と換金、ティアナの説教なんかもあって、魔物災害の方についてはロクに調べられなかったからな。

アッシュなら実際に災害が発生した場所を知ってるんだし、後々時間があったら出向いてみようとは思ってたんだ。ちょうどいい。

『というわけで、ティアナは勉強頑張れよ』

「待って、ラル君一人で行くの⁉」

『おう。魔力はアッシュと合流出来ればどうにかなるし、心配するな。それじゃあ、行ってくる』

本を片付け、今度は自分の体を《念動《テレキネシス》》で浮かび上がらせる。

今回は俺の魔力をどうにかするために行くんだし、ティアナのことを巻き込むわけにもいかない。

そんな思惑とは裏腹に、ティアナはガシッと俺の体を掴み取った。

「それなら、私も行く！　一緒に連れてって！」

『いや、ティアナは勉強しなきゃダメだろ？』

「でも、お金の時だって私達の問題を全部ラル君に解決して貰ったのに……この上、犯人探しまでラル君にだけさせるわけにはいかないよ！」

『……んん？』

あれ、なんか微妙に食い違ってないか？

確かに俺は犯人を探すつもりではあるんだけど、前回と違って今回は主に自分のためで……。

「だから、今度は私も……ううん、今度こそ私が頑張る！　頑張って、森を荒らした犯人を見つけるの！　アッシュとだって約束したもん！　だから、お願い！」

そんな俺の心の内など知るよしもなく、幼い瞳を使命に燃やしながら必死に同行を申し出るティアナ。

やめろ、俺をそんな純粋な目で見るんじゃない、罪悪感で死にそうになるから！

『……ま、まあ、しばらく持つとはいえ、ティアナがいてくれた方が魔力切れの心配しなくて済むしな。それじゃあ、気分転換も兼ねて一緒に行くか？』

結局、本当のことなど言えるはずもなく、俺はティアナを連れていくことに。

まあ、別に嘘吐いてるわけじゃないしな。俺の目的とティアナの目的は矛盾しないし、魔力のことを考えれば連れていって損はない。

「うん！　私、絶対役に立ってみせるよ！」

めらめらとやる気を漲らせるティアナに、微笑ましさと後ろめたさを同時に覚えつつ。俺達は外出の許可を取り付けるため、クルトの部屋へと向かう。

すると、部屋に着くよりも先に何やら慌ただしく駆け回るクルトに出くわした。

「お父様、どうしたの？」

「ん？　ああ、ティアナか。いや何、ルーベルト子爵から連絡があってな……」

『カンザスから？　なんて言ってるんだ、あいつは』

あれから一週間、何の音沙汰も無かったあいつが、このタイミングで一体何なのか。

そう警戒を募らせる俺に、クルトは何とも複雑な表情を浮かべた。

「いえ、それほどおかしな要望はされていません。今後のために、ルーベルト家としても森を調査したいと言われまして……ただ、これからはルーベルト家がその役割を担うから、ランドール家は冒険者をまとめていざという時の備えだけしておけ、と」

『んん？　なんだそれ？』

魔物災害の被害を受けて、今後は同じことが起きないように自分達でも調査したいというのはまだ分かる。

けど、ランドール家を追い払ってまで森の調査を全部引き受けたいってのはどういうことだ？

「そういうわけでして、私はしばらくルーベルト子爵への返答をどうするか、家人達と協議に入りますが……ラルフ様はどうされました？」

『いや、俺はティアナと一緒にアッシュのところに顔を出そうと思ってな。許可でも貰おうかと』

「そういうことでしたら、ご自由にどうぞ。ティアナ、ラルフ様にご迷惑をかけないようにな」

「うん！」

元気良く返事をするティアナの頭を、クルトは優しく撫でる。

そのまま、すぐに慌ただしく駆けていく後ろ姿を見送りながら、俺達もまた調査のため、森へ向かうのだった。

⑭

「アッシュー！　一週間ぶりー！」

屋敷を後にした俺達は、そのまま真っ直ぐにアッシュのいる森の中へとやって来た。

森の奥深く、巨大な木の根本に出来た空洞を棲み処とするアッシュは、ティアナの元気な声を聞いてひょっこりと顔を覗かせる。

「おお、ティアナ、それに我が主よ！　よくぞ参られましたな！」

「わわわっ」

ぶんぶんと勢いよく振り回された大きな尻尾が突風を生み、無警戒だったティアナがひっくり返る。

思わぬ事態に慌てて駆け寄ろうとするアッシュを制し、俺は魔法で軽く受け止めてやった。

「ありがとう、ラル君。アッシュ、今日まで一人で寂しくなかった?」

「心配はいらぬ、我には森の仲間もおるからな。それに、最近はやけに冒険者の姿が多くて寂しがる暇もない」

これまでとは別の意味で騒がしいぞ、と、怒っているというよりは嬉しい悲鳴といった具合にアッシュは嘆く。

大方、新しい武器を買うなりなんなりした冒険者が、そのまま試し振りのためにこの森に入って狩りをしてるんだろうな。魔物が増えて困ってたアッシュとしては、ありがたい話なんだろう。

「何か困ってることある?」

「特にはない。稀に我の領域まで入り込んで狩りを始める冒険者もいるが、我が姿を見せれば戦わずとも帰っていきおるからな、素直で助かる」

『エメルダが、フェンリルはティアナの友達だって喧伝してくれてるからな。ランドール家とわざわざ事を構えようなんて酔狂な冒険者じゃない限り、アッシュに手出しはしないだろ』

一度は記憶消去をエメルダに提案したけど、そういう意味じゃやらなくて正解だったな。

あくまで〝ティアナの〟というところを強調してもらってるから、俺のことは精々オマケ程度にしか認知されてないらしいし、作戦成功と言える。

「そうか、ならばティアナには感謝せねばなるまいな。礼を言うぞ、ティアナよ」

「あはは、ありがとうアッシュ。でも、それはラル君に言ってあげて。私はただついて行っただけだから」

ただ、ティアナは俺がオマケ扱いなのは気が引けるらしい。事情を知っているアッシュには、あくまで俺を推そうとしてくる。

それを受けて、アッシュもまた「無論だ」と笑みを浮かべた。

「我の……いや、我が森の今日の平穏は、ラルフ様あってのもの。深く感謝しております、我が主よ」

『それ、頼むから他の人間がいる時にやるなよ？　特にラルフ様とか主とか、そういうの禁止。分かったか？』

「……心得ましたぞ」

しゅん、と尻尾が垂れて、露骨に元気が無くなるアッシュ。おい、お前もか。

俺はあくまで私利私欲で動いてるだけで、そんな大層に崇める存在じゃないって、ここは一度ちゃんと言っておくべきかね？

でもなあ、ここで下手に俺の評価を下げるとティアナにまで迷惑かかるかもしれんし……ぐう、悩む。

「ところで、今日は何をしにこちらへ？　顔見せに来てくださっただけという雰囲気でもありませぬが」

『おっと、忘れるとこだった。実はな……』

アッシュに、今俺達は魔物災害を起こした犯人を追っていることを伝え、謎の魔法薬を使用していた男と最後に対峙した位置まで案内して貰うことに。

もう一ヶ月以上経ってるし、よっぽど何も分からないだろう……と、思ってたんだが。

「ここです、ここで奴は薬を使用しておりました」

『これは……』

いざ、アッシュに連れられてその場に行くと、一ヶ月経って尚べったりとこびりついた血痕のように、不気味な魔力が漂っていた。

一応、それなりに薄くはなっているからだろう。ティアナはよく分からなそうに首を傾げていたが、アッシュはどこか警戒するように毛を逆立てている。

「撒かれた直後は、まさに植物が急成長するが如き勢いで大地より魔物が溢れ、襲いかかって来ました。大半はその場で仕留め、ここ数日は魔物が新たに発生することもなくなりましたが……やはり影響は抜けきらぬ様子」

『そうだな……何事も無ければいずれ元に戻るだろうけど。と、ティアナ、そっちに何かある、近付いて見てくれるか？』

「あ、うん！」

俺の指示に従い、とてとてと歩いていったティアナは、足元に落ちていたそれを見て首を傾げる。

「なにこれ、割れた瓶……？」

『何か彫り込んであるな。家紋っぽいが……』

魔法で拾い上げてみると、そこには特徴的な紋章が描かれていた。

渦巻く竜……か？　多分、アッシュとの攻防の中で落としたんだろう。半分くらい欠けてるから正確なところは分からないが、なんか見覚えがあるような……。

「これは……」

『ティアナ、分かるのか？』

「うん、勉強したばっかりだし。たぶん、ドランバルト家の紋章……じゃないかなぁ？」

しばらく紋章を眺めていたティアナが、記憶を引っ張り出すようにそう答える。

ドランバルトか……確か、ルーベルト家の後ろ盾になってたんだったな。

魔物災害の発生現場に、被害を受けた領地の支援者の紋章が入った謎の瓶、ねえ……流石に偶然とは思えないな。

「屋敷に戻って確認してみる？」

『そうだな。けどその前に、こいつを少し解析するか』

「解析？」

『ああ。《解析《アナライズ》》！』

魔力を浸透させ、対象物の情報を精査する魔法を使い、瓶の欠片《かけら》に残る痕跡を調べ上げる。

まあ、《魔力感知《マナサーチ》》の魔法と原理はほぼ同じだし、調べられる痕跡もほぼ魔力や魔法に関するものに限られるけど……もしこれが本当に、魔物災害を起こした元凶なら――

『ビンゴ。よっと』

俺が腕を振り上げると同時に、瓶に残された魔力の残滓が引き摺り出される。

その不気味な漆黒の塊にティアナが震え、アッシュが毛を逆立てて警戒する中、俺はそいつを少し離れた場所へ放り投げた。

『ティアナ、アッシュ、危ないから少し離れてな』

べちゃりと地面に落ちた魔力が、土地の魔力を吸い上げて急速に膨れ上がり、形を成していく。

ただの魔力の塊が、骨を、肉を、皮を造り、こね合わせて一つの生命体へと組み上げていく
その過程は、まさに生命そのものを冒涜するかのような悍ましさがあった。

「グオォォォ！」

『《魔力弾《マナバレット》》』

魔力を凝縮、弾丸に変えて放つ無属性の魔法が、生まれたばかりの魔物を撃ち滅ぼす。

しっかりと血飛沫すら上げて絶命したそいつを見て、俺は小さく溜息を溢した。

『これは、俺にも再現できないな……魔力が特殊過ぎる』

魔物発生の流れは解析出来たし、そのために必要な魔法陣も概ねイメージ出来る。けど、それを実行に移すのに必要な魔力の属性が、今までにない完全な特殊属性だ。少なくとも、俺は作れない。

これは、人が魔王の力を解析して実現したんじゃない。何らかの手で魔王の魔力に手を加え

て、人がある程度制御出来るように薬という形に押し込めただけだな。

うーん、俺の力を取り戻す参考になるかと思ったんだが、期待外れか？

いや、逆に言えば、魔王の魔力さえあれば俺でも同じことが出来るってことは証明されたんだ。流石にこの瓶一本で打ち止めってこともないだろうし、それを回収出来ればチャンスはあるな。

「ラル君……今のって……」

『ん？　ああ、魔物災害を起こした元凶は、やっぱりこの瓶を持ち込んだ人間ってことで間違いなさそうだ。ルーベルト家がどこまで知ってるのか、ドランバルト家がどこまで関わってるのかは分からないけど……どっちも無関係ってことはないだろうな』

ティアナの疑問に答えながら、俺は小さく肩を落とす。

この件の犯人はともかく、この薬の最初の作製者については予想がついてしまったからだ。

『あいつも、浮かばれないな……』

――ラルフさん、僕は思うんですよ。今の世の中、魔法の才能が全てに優先されていますけど、もしその才能を後天的に獲得できる魔法薬が作れたなら、もっと色んな人が輝ける世界になるんじゃないかって。だから僕、いつかそんな、夢の薬を作りたい。ラルフさんも、協力してくれませんか……？

転生前、一度だけ聞かされた〝夢〟を思い出し、溜息を溢す。

あの時は、なんて途方もないバカな夢を語るガキだって笑いながら、頑張れよって背中を叩いてやったもんだけど……そんなあいつが作った薬が、こんなことに利用されたんだと思うと……やるせない気持ちでいっぱいになる。

「ラル君……？」

『ああ、なんでもない。やっぱ、この犯人はムカつくから、一発ぶん殴ってやらないとなって思っただけだ』

心配そうに呼びかけて来たティアナに、俺は出来るだけいつも通りの調子でそう答える。

道具や薬が、作製者の意図とは違う使われ方をするなんてよくある話だ。そもそも、本当にあいつが作った薬だって確固たる証拠があるわけでもない。ただの勘みたいなもんだ。

だから、この感傷は今必要ない。そもそも、俺だって自分のために薬を手に入れようとしてるんだ、あまり褒められたもんじゃないのは同じだろう。

そうやって少しばかり自嘲する俺に、ティアナはどこか決然とした表情で口を開いた。

「ねえ、ラル君。このことお父様に言ったら、どうなるかな？」

『……まあ、どうにもならないだろうな。この瓶一つじゃ何の証拠にもならん、白を切られて終わりだろ』

相手が単なる犯罪集団とかなら、居場所さえ分かれば押し入って終わりだけど、貴族相手じゃそうもいかない。

どれだけ声を上げたって、弾劾する相手より上か、せめて同格の奴を味方に引き入れてからじゃないと、ただ握り潰されて終わりだろう。

「そっか……難しいね……」

『諦めるのは早いぞ、ティアナ』

「えっ、どういうこと？」

『要するに、証拠さえありゃどうにかなるってことだ』

逆に言えば、ドランバルト家と同格の味方さえ得られればどうにかなる。

侯爵家が関わる事件、それも魔王の力が絡むような案件だ。動かぬ証拠さえ手に入れば相当なスキャンダルになるし、力を貸してくれる家だってあるだろう。

まあ、最終的にはクルトの政治力にかかってくるわけだけど……そこは祈るしかないな。

『ひとまず、町に戻って聞き込みでもしてみよう。幸い、今は領外の人間がたくさん来てるしな、相手が何を狙ってこんな事件を起こしたのかが分かれば、つけ入る隙も見えて来るはずだ』

そうすれば、残った魔王の薬……魔王薬を手に入れる機会も巡って来るかもしれない。

「うん、分かった。よーし、聞き込みがんばるぞっ！」

おーっ、とそのまま拳を振り上げるティアナを見て、思わずほっこり。

うん、ティアナは良い子だな……俺と違って。

「む、もう帰るのか？」

そんなことを考えていると、アッシュがまたも急にシュンと元気を失くしてしまった。

さっきは問題ないと言っていたけど、やっぱり寂しかったらしい。

「うーん、せっかくだし連れて帰ってあげたいところだけど……流石に魔物を町に入れるとみんなびっくりしちゃうんじゃないかなって。体も大きいし」

そんなアッシュに、ティアナは困り顔で至極真っ当な問題点を指摘する。

現状のアッシュは、魔力垂れ流しの上に小さな小屋くらいなら踏み潰せそうなくらい巨体だからな。王都と違って検問も無ければ魔物の取り扱いにさほど厳しい規則があるわけでもないランドールの町とはいえ、とてもこのまま連れ帰るわけにもいかないだろう。

「む……つまり、体が小さく、魔物と分からなければいいということか？」

「出来るの？」

「我を甘くみるなよ、ティアナ。見ておれ」

アッシュがそう呟くと、みるみるうちにその巨体が小さくなり、ちょっとした大型犬くらいのサイズにまで収まった。

魔力もすっかり落ち着きを見せ、少なくとも一般人にはそれと分からないくらいになっている。

「わあ、すごい！　アッシュ、こんなことも出来るんだ」

「くくく、我の手にかかればこの程度、造作もないことよ。まあ、ラルフ様に比べたら大したことはないがな」

むふー、と鼻息も荒くしながら、アッシュはなぜか俺を持ち上げる。

逐一褒めてくれるのは嬉しいが、流石に俺も人間の体で同じことは出来んぞ。体内の魔力濃

度がクソ高い高位の魔物の体だから出来ることだ。

『まあ、これなら事前に冒険者ギルドに話を通しておけば何とかなるだろ。けどアッシュ、守護獣が森を離れて大丈夫か？』

「少しくらいであれば、問題ありませぬ！」

『そうか、じゃあ行くか。くれぐれも魔力と、何より俺の呼び方には気を付けろよ』

「心得ましたぞ！」

再度念押しすれば、さっきと違って嬉しそうにぶんぶんと尻尾を振り回すアッシュ。

ティアナもまた嬉しそうに「良かったね」と小さくなったアッシュを撫でていて、よく似た二人だと思わず笑う。

こうして俺達は、アッシュを連れて町への帰路につくのだった。

⑮

「ほほう、ここが人の町か……随分と騒がしいな」

ランドールの町に戻ってきた俺達は、到着早々のアッシュの一言に思わず笑顔になる。

まあ、森の中で暮らしてたアッシュから見たら、ランドールの田舎町でも賑やかだろうけど……当然、それだけが理由じゃない。

ひっきりなしに行き交う馬車、でかい荷物を背負って歩く行商人に、完全武装の冒険者から楽器を携えた吟遊詩人まで。本当に多種多様な人々が集まるその光景は、明らかに以前までとは比べ物にならないほどの賑わいを見せている。

知ってはいたけど、改めて見てもここまで人が集まるとは思わなかった。俺が転生してすぐの頃より十倍は人がいるんじゃないか？

「アッシュから貰った魔物素材のお陰だよ、あれを買うために色んな人が町に来てるの」

「なるほど、我にとってはただの食べ残しだが、人間にとっては争奪戦になるほど重要なモノ、というわけか」

「あはは、合ってるようなそうでもないような……」

森で暮らす魔物らしい受け取り方に、ティアナはなんとも言えない乾いた笑みを返す。

そんなやり取りを挟みながら、まず俺達が向かった先は冒険者ギルド。

アッシュは今魔力を抑えているし、サイズも犬と言い張れなくはない程度になってるから、よっぽどのことでもない限りはバレないと思うが……鋭い奴なら気付くだろうし、そういう実力者が集まるギルドには、先に事情を話しておいた方がいい。

「ごめんくださーい」

以前と同じように、元気よく扉を開けて中に入るティアナ。

予想通りというべきか、領外からやって来たと思しき見知らぬ冒険者の姿が散見されるその場所は、以前に比べればティアナに対する不躾な視線も多い。

とはいえ、そんなことは彼ら自身が一番分かっていたようで、ティアナの姿を見るや否や、見知った顔が近付いて来た。

「ティアナ様！　今日は何の用で？」

「あ、ロッゾさん！　えっとね、今日はいくつか聞きたいことがあって……」

ロッゾ……俺の転生後に初めて訪れた時にも、真っ先に声をかけてくれた冒険者だったな。

なんつーか、前と全く同じ位置で待ち構えてたようにも見えたんだけど、もしかして暇なんだろうか？　冒険者なんてその日暮らしなんだから、ちゃんと働けよ？

まあ、ロッゾが以前にも増して大きな声で呼びかけてくれたお陰で、ティアナの素性は他の冒険者達に余すところなく伝わったみたいだし、別にいいんだが。

「ティアナ様？　っつーと、フェンリルを従えたって例のあれだよな？」

「もっと大柄な女性かと思ってたんだが、まさかこんなに小さいとは……」

「こんな子供が森に入ったのか？　いや、森以前に護衛もなしに町中歩いてていいのか？」

「お、俺に聞くなよ」

ひそひそと、小声でやり取りする他領の冒険者達。どうやら、突然現れたティアナにどう接したらいいのか戸惑っているみたいだ。

この町にいると忘れそうになるけど、貴族と平民って普通はそれなりに壁があるもんだからな。特に冒険者ギルドなんて荒くれ者の巣窟、貴族令嬢が一人で来る場所じゃないし、こんな反応が普通だろう。

ただそれでも、話し声を聞く限りでは、ティアナに対して悪い印象を抱いている奴は誰もいないみたいだ。

これだけいればティアナを悪く言う奴がいてもおかしくないと思ってたんだが、少し意外だな。

そう思っていると、ロッゾが軽く理由を説明してくれた。

「ティアナ様が素材を持ち帰ってくれたお陰で、冒険者連中も以前は手が出せなかった良質な装備を安く手に入れられたからな。みんな感謝してんのさ」

『ふーん、なるほどな』

今、ランドール領には大量の素材が出回り、それを求めて多くの職人が集っている。

その結果、普段なら王都みたいな大都会でしかお目にかかれない高品質な装備が数多く作られ、数が多い分価格競争によって値段もある程度抑えられた状態だ。

冒険者にとって、装備品はまさに生命線。それをより良い物、信頼の置ける物に変えていける環境を間接的に作ってくれたティアナに対して、好感は持てど突っかかる理由はないってことか。

「まあ、領主様なんかは『これも皆の日頃の行いの結果、ラルフ様が我らに恵みをもたらしてくれたのである!』なんて言ってらっしゃったけどな。謙虚なことだ」

『あいつ知らない内にそんな演説やってたのかよ‼』

ロッゾからもたらされた情報に、俺は思わず絶叫する。

恵みってなんだ、あくまで素材をくれたのはアッシュだっつーの！　崇めるならあいつにしとけ!!

そんな風に嘆いていると、ロッゾが見知らぬ冒険者に手を引かれ、奥の方でたむろしている集団の中へと連行されていった。どうしたんだ?

「お、おいお前、相手は貴族令嬢とその使い魔なんだろ?　そんな軽い調子でべらべら喋って大丈夫なのかよ」

「そりゃあ、余所の貴族はどうだか知らねえが、ティアナ様だしな。もちろんランドール家の方々には日頃から感謝を忘れたことはねえが、いつもこんなもんだ」

「むしろ、あんまり余所余所しい態度取ってると、ティアナ様が泣くぞ。あの子はあれで結構寂しがり屋だからな」

「いやマジかよ。むしろ下手に冒険者が声をかけたら怖がられて泣くだろ、普通」

「まあ、故意に傷付けたんじゃなきゃ泣かせたくらいで首は飛ばねえから安心しろ。代わりに俺らがタコ殴りにするが」

「お前らがかよ⁉」

「いいか、ティアナ様に限った話じゃないが、ここランドール領で普通は通用しねえ。慣れればこれほど活動しやすい場所もないが、うっかりやらかすとランドール家以前にここの領民全員が敵に回るからな、肝に銘じとけ」

「マジかよ怖えな」

ひそひそと内緒話……しているつもりなんだろう、あいつらは。冒険者はデフォルトで声がでかいから丸聞こえなんだが。

その内容に、ティアナも反応に困って乾いた笑みを浮かべていたんだが……やがて、キリの良さそうなところで自分からその集団へと声をかけにいった。

「ティアナ・ランドールです！　冒険者の皆さんにはいつもお世話になってます、初めましての方はどうぞよろしくお願いします！」

ペコリと頭を下げ、元気良く挨拶する。

あまり貴族らしくない、平民のようなその挨拶に、初対面の冒険者達は驚くと同時にますます表情を軟化させた。

「おう、よろしくな」

「俺らみたいなのにこんな風に挨拶してくれる貴族様は初めてだよ」

「だから言ったろ、ティアナ様は普通じゃねーんだよ」

がはは！　と笑い合う気の置けない雰囲気に、ティアナも一緒になって笑みを浮かべる。

しかし、そんな和気藹々とした雰囲気の中、一人硬い表情を浮かべる女の子の姿があった。

傍には父親らしき冒険者の姿もあるし、ついてきたんだろうか？　こんな場所で珍しい。

「あなたもよろしくね。お名前は？」

「ひぅっ……！」

だからこそ、ティアナも何の気なしに近付いて声をかけたのだが、引き攣った声を漏らしながら父親の陰に隠れてしまう。

ガタガタと震えるその姿からは、明確な拒絶と恐怖の感情が色濃く表れていて、とても貴族への漠然とした苦手意識だけでは説明がつかない。

困惑するティアナに、父親の冒険者は慌てて頭を下げた。

「すみません、ティアナ様。ほらメアリ、この方は大丈夫だ、挨拶しな」

「うぅ……」

「いえ、大丈夫です。それよりその、何か、あったんですか……？」

父親に背中を押され、それでもいやいやと首を振る女の子。

心配するティアナに、父親は躊躇うように視線を彷徨わせ……ティアナになら大丈夫だと思ったのか、その事情を語り出した。

「その、この子は以前住んでいたドランバルト領で、貴族の長子に連れ去られそうになったことがありまして……それ以来、貴族を怖がるようになってしまったんです」

思わぬところで聞いた名前に、俺とティアナは顔を見合わせる。

調べるつもりではいたけれど、まさかこんな形で出てくるとは思わなかった。

「連れ去るって、なんでですか？」

「ほとんど言いがかりのようなものです。ただ前を横切られて無礼だったから、と。噂では、憂さ晴らしに殺されているのではないかと……」

「そんな……!?」

あまりの理由に、ティアナだけでなく周囲の冒険者達さえもざわめき立つ。

確かに貴族は、治める領地に対して絶対的とも言える権力を持っているが、あまり無体なことをし続ければ民の信用を失い、夜逃げされてしまう。

人の流出はそのまま領地の衰退に繋がるし、普通はいくら権力があるからってそこまでやらないもんなんだが。

「真実のほどは分かりませんが、実際に連れ去られた後帰ってきた者はいません。……この子の場合は、私が騒ぎを起こして上手く逃げ出すことが出来たのですが、代わりに完全に目を付けられてしまったので、領内に留まるのは危険と思い、人の流れに乗ってランドール領まで逃げてきました」

いくら冒険者とはいえ、単身ロクな準備もなく娘を抱えて逃避行ともなれば、かなりの苦労があったんだろう。女の子をあやすように撫でる父親の顔には、隠しきれない疲労が浮かんでいる。

「こんな話をされても困るだけかもしれませんが……ご配慮いただけると助かります」

「はい、もちろんです。私達の町は、あなた達を歓迎しますよ」

頭を下げる父親に、ティアナはほぼノータイムでそう答えた。

……貴族とトラブルを起こしたなんて話、普通なら同じ貴族相手にするもんじゃない。聞かされた貴族にとっては、たった二人の父娘のためにそのトラブルまで纏めて抱えることになりかねないし、最悪元居た町に強制送還されたって文句は言えない。

それでも喋ったのは、もう貴族の影に怯えて暮らす生活に限界を感じていたからなんだろう。

ティアナの言葉に、父親は感無量といった様子で「ありがとうございます！」と再度頭を下げた。

「苦労したんだな、お前」

「なに、この町に来たからにはもう大丈夫だ。ランドール家の方々はそんな連中とは違うからよ！」

冒険者達もまた、そんな父娘に同情を寄せながらバンバンと肩を叩いている。

空気の変化を敏感に感じ取った女の子が、少しばかり挙動不審になりながら父親を見上げていた。

「パパ……大丈夫、なの？」

「ああ、もう安心だぞ」

父親にそう太鼓判を押され、恐る恐る顔を出す女の子。

そんな彼女に、ティアナは怯えさせないように優しい笑みを浮かべた。

「恐かったよね。大丈夫、もしまた何かあっても、私が助けてあげるから」

「……ほんと？」

「うん。〝その貴き血に宿りし力と叡智を祖国に捧げ、民を守る盾となれ〟。それが貴族なんだって、私はそう教わったの。だから……あなたのことも、私が絶対に守ってあげる。約束するよ」

「っ……あり、がとう……ティアナ様……！」

ぎゅっ

ぐすん、と涙を溢す女の子を、ティアナがそっとあやす。

そんな少女二人を見て、周りのむさ苦しい冒険者達の中には鼻水を垂らしながらもらい泣きしている奴までいた。

……ティアナが周囲から見えないように、手が白むほどに強く拳を握り締めているのに気付かないまま。

無理しやがって……本当に、強い子だな、ティアナは。

「あ、そうだ。メアリちゃん、ぬいぐるみは好き？　後は犬……いや、狼とか」

「ん……狼さん、好き」

そうしていると、女の子もどうにか落ち着いたらしく、ティアナがしんみりした空気を変えるように明るく問いかけた。

狼さんとのご要望に、ティアナがちらりとアッシュを見ると、心得たとばかりに女の子の方に歩み寄る。

「わあ、狼さんだ……！　えへへ」

「ワフ～」

女の子に抱き着かれ、大人しくモフられるアッシュ。

魔物の毛はそこそこ頑丈で、本物の狼と比べるとあまり子供に優しい触り心地とはいかないと思うんだが、この子は気にならないらしい。

女の子とアッシュが戯れる、平和な光景。そんな中、男共の間を縫って、また知り合いがやって来た。

賠償問題の時、ティアナの護衛として同行してくれた女冒険者、エメルダだ。

「また騒がしいからバカ共が何やらかしたのかと思えば、ティアナ様じゃないか。今日はどうしたん……だい……？」

そんな彼女だったが、俺達の前まで来た途端、表情を引き攣らせて硬直する。

その視線の先には、さも自分は一般狼ですよと言わんばかりに女の子に撫でられ、パタパタと尻尾を揺らすアッシュの姿が。

「……フェンリル……様？　どうしてこんなところに？」

「ふむ、気付いたか。前に見た時も思ったが、中々見所のある人間だな。だが、我の名はアッシュだ、次からはそう呼ぶが良い」

冷や汗を流すエメルダに対し、無駄に尊大な態度で流暢に喋りだすアッシュ。

そんなやり取りに、女の子だけでなく周りで様子を見守っていた冒険者達までもがポカンと口を開けたまま固まった。

「は？　いや、フェンリル？　その犬が？」

「ははは、いや、いくらなんでもこんな町中にSランクの魔物が……」

「いやでも、今その犬喋ったよな？　まさか、本物……？」

疑心半分、警戒半分といった冒険者達の眼差しに、アッシュはなぜか得意気に鼻を鳴らす。

そして、女の子から少し離れながら、これまで隠していた魔力を僅かに滲ませ……っておいこら、まさか。

「くくく、本物か、だと？　愚問だ！　我こそは森の守護獣にしてティアナのトモダチ、フェンリルのアッシュであるぞ!!」

一気に巨大化し、ギルドの中でその真の姿を曝け出す。

そのアッシュを見て、冒険者達が驚きのあまり茫然自失となる中で、俺は大きく溜息を溢すのだった。

⑯

「アッシュ、急に大きくなったりしたらみんなびっくりしちゃうでしょ？　もうやっちゃダメだよ？」

「む、むぅ……すまなかった」

巨大化前より更に小さくなり、幼いティアナに説教されるアッシュの姿を、冒険者達はなんとも言えない微妙な表情で見守っていた。

これがフェンリルなのかと、真実を知って尚彼らの中で渦巻く疑問が思いっきり顔に出てるけど、まあこんな光景見たらそう思うよな。

「それで、アッシュが一緒にいたいって言うから連れて来たんだけど……大丈夫かな？」

「あ、アタイに聞くのかい!?　ぎ、ギルドマスターとか領主様に相談しておくれよ……まあ、首輪でも付けておけば大丈夫じゃないかい？　一応、捕獲依頼なんかで魔物を生きたまま連れ帰ることもなくはないし」

後で聞いてみなよ、と言われ、ティアナはひとまずこくりと頷く。

いずれにせよ、こういうのはある程度立場のある人間に聞かないとな。

「狼さんは何を食べるの？　普通の狼さんみたいにお肉？」

「我は魔物の肉を喰らうぞ。そこらの狼と一緒にするでない」

「魔物のお肉……持ってない」

そんな中、先ほどの女の子……メアリは変わらずアッシュとふれ合っていた。

エサやりをしようと思ったのか、しょんぼりと項垂れるメアリ。すると、近くにいた冒険者
――確か、ガラシャだったか――が声をかけた。

「魔物肉なら、特に使い道がなくて捨てるだけの肉ならあるけど、やってみるか？」

「あるの？　ありがとう、おじさん！」

「おじ……⁉　お、おう、どういたしまして、だ」

地味にショックを受けるガラシャを余所に、メアリがアッシュに肉を与える。

それをパクリと咥えたアッシュは、一口でペロリと平らげてしまった。

「ゴブリン肉か。悪くはないぞ、人間。もっと寄越せ」

尊大な態度とは裏腹に、舌を出しながら尻尾をパタつかせるその姿はまさに犬そのもので、どことなく愛嬌すら感じられる。

それがメアリのみならず、冒険者の男達にも受けたようで、大の大人が少女と一緒にこぞってエサを与え始めた。

「ワフッ、ワフッ！　人間共、大儀であるぞ！」

サイズが縮んでも必要なエネルギーは変わらないのか、凄まじい勢いで食べ進めるアッシュ。

そんな光景を見て、「アッシュ様のためなら喜んで！」なんて悪ノリを始める冒険者まで現れ、ギルド内は笑い声に包まれた。

急に巨大化して正体を晒した時はどうなるかと思ったけど、ちゃんと受け入れられたみたいだな。メアリも大分馴染んだみたいだし、この分ならランドール領でちゃんと幸せに暮らせそうだ。

『……ん？』

そんな穏やかな空気にほっこりしていると、ふと窓の外に見知った顔がいることに気が付いた。

こちらをじっと覗き込んでいたその男は、俺に見られていることに気付いたのか、足早に走り去っていく。

しばらく滞在するとは言ってたけど、まだ居たのか。

「ラル君、どうしたの？」

『いや……なんでもない』

ティアナの質問に、俺は何も答えず首を振る。

捕まえようと思えば捕まえられるけど、特に何をされたわけじゃないし、悪意みたいなものも感じなかったからな。放っておいても問題ないだろう。

『それより、ようやく落ち着いたわけだし、聞き込みしないとな』

「おっと、そうだったね」

アッシュやメアリの件で少しドタバタしたが、元々はルーベルト家やドランバルト家について調べるために来たんだ。

ちょうどメアリがアホ共と一緒にアッシュと遊ぶのに夢中になっている間に、大人から話を聞いておいた方がいいだろう。

「すみません、ちょっと皆さんに聞きたいことがあるんですけど……」

「お、なんだい？」

エメルダやメアリの父親等、アッシュの騒ぎに交ざらず遠巻きに見ていた冒険者達を集め、ティアナは本題を切り出した。

先ほど聞かされたドランバルト家長子の話以外にも、ドランバルト領で何か変わったことや問題など起きていないか。加えて、ルーベルト領についても何か知らないかを尋ねるのだが、元々ランドール領で活動していた冒険者達からの返答は芳しくなかった。

「すまねえ、俺らはあんまり領の外には出なくてな……エメルダはどうだ、商人の護衛で行くこともあるだろ？」

「いやあ、確かに行くこともあるけど、ルーベルト領なんて通過するだけみたいなもんだからねえ。ドランバルト領も、さっきみたいな横暴がまかり通ってるなんて全然知らなかったし……やっぱり、現地出身の連中に聞くのが一番だね」

力になれなくて悪いね、と呟くエメルダに、ティアナは問題ないと返す。

こう言っちゃなんだが、ランドール領で活動している冒険者が、そこまで他領の事情に通じているとは最初から思っていなかったしな。本命は余所から来たばかりの冒険者……特に、メアリの父親だ。

「すみません、確かにドランバルト家の長子であるガルフォード様の悪評は多いんですが……領全体やドランバルト家そのものとなると、さほど問題は起こっていません。現在のご当主様は優しい方なので」

「そうなんですか？」

しかし意外なことに、メアリの父親から返って来たのはそんな答えだった。

貴族による平民の拉致なんてもんがまかり通ってるくらいだから、相当荒れてるのかと思ったんだが……そうでもないのか。

「ええ。先のガルフォード様の悪行も、一時は鳴りを潜めていたんです。ご当主様に見咎められ、処分を受けたのではないかと言われていたのですが……ここ最近、またぶり返していた感じです。理由は分かりませんが」

『ふーん……？』

ドランバルト家は、領内よりもむしろ家の内情に何かありそうだな。

とはいえ、流石にそこまで踏み込んだ事情をいち冒険者が知っているはずもない。「あまり力になれず申し訳ない」と頭を下げようとする彼を、大丈夫だと手で制する。

一方で、ルーベルト領については他の冒険者から有力な情報を聞くことが出来た。

「ルーベルト領は……正直、あんまり良い状態じゃないな。税が引き上げられて、みんなひいひい言ってるよ」

「それって、やっぱり魔物災害で……？」

「いや、あれはほとんど関係ないって話だぞ。もう放棄が決定した村がいくつかやられたとは聞いたけど」

ティアナの問い掛けに、男はあっさりとそう答える。

思わぬ言葉に目を丸くするティアナへと、彼は更に言葉を重ねた。

「元々、ルーベルト領は馬の産地で、広い放牧地帯を持ってたんだけど……子爵様は何を考えたのか、その一部を潰して領都に歓楽街を作るなんて言い出したんだ。王国南部の港町にあるカジノを真似たかったんだろうけど……無謀すぎるよ。あの町には外国との貿易でぼろ儲けした商人が山ほどいるから、ギャンブルなんかに山ほど金を落とせるんだ。ルーベルト領で同じことしたって、客が入るわけがない。案の定、民の反対を押し切ってまで作ったのに、あっさり潰れたよ」

ギャンブル好きらしいけど、程々にして欲しいよ。などと、男は溜息を溢す。

主要産業だった馬の産出量が減り、新しい産業は倒れて借金まみれ。そのうち領主家が潰れてルーベルト領はどこか別の領に編入されるんじゃないかと噂されてるらしい。

以前見かけた時は、大分金回りが良さそうだったけど……ただの浪費家ってだけの話だったか。実態はランドール家よりよっぽどヤバそうだ。

つーか、外国との貿易でぼろ儲けした商人って……時代は変わったな、本当に。三百年前は、外国とすることって言ったら戦争ばっかかで、貿易なんてロクに成立しなかったんだが。

カンザスが呑気にそんなアホみたいな産業に手を出せるのも、ある意味平和の証なのかもな。巻き込まれた領民からしたら、たまったもんじゃないだろうけど。

「なるほど……ありがとうございます、参考になりました！」

「その二つの領地がどうしたんだってのは……聞かない方がいいのかい？」

ぺこりと頭を下げるティアナに、エメルダが問い掛ける。

魔物災害の被害に遭った領主と、それを含めた西部地域を統括する大貴族の名だ。流石に、ティアナが何を思ってそれを調べているのか分からないほど、こいつらもバカじゃない。みんな心配そうな表情を浮かべていた。

「えっと、その……ごめんなさい」

けれど、ティアナに出来るのは謝ることだけだ。

今調べてるのは、大貴族のスキャンダルに等しい事件だからな。証拠もなしに噂が広がると、その元凶になった連中が断罪される恐れもある。下手なことは言えない。

ただ、そんなことはこいつらも分かってるんだろう。怒るでもなく軽く笑い飛ばしてくれた。

「いいんだよ、ティアナ様に限って変なことをしようなんて考えるわけはないだろうしね。ただ、アタイらで力になれることがあったら遠慮なく言ってくれ、協力するよ」

「えへへ……みんな、ありがとう！」

ティアナに満面の笑みを向けられ、冒険者連中の表情はアホみたいにゆるゆるになっていく。

本当に、気の良い連中だな。

『あー、そうだな、これは使い魔のいらんお節介だと思って欲しいんだが』

いくら貴族同士の争いに巻き込まれかねないからと、そんな連中にあまり情報を伏せ過ぎるのも考えものだ。

そう思った俺は、こいつらにも関係があることについてのみ、少しだけ分かっていることを伝えることにした。

『金回りがいいからって、あんまり昼間から飲み過ぎるなよ。また、いつ突然魔物災害が起きるか分からないからな』

「……そうだね、アタイはあまり飲まないけど、バカ共にもしばらくは自重しろって伝えとくよ」

『ああ、頼んだ』

そんな短いやり取りを最後に、俺達はギルドを後にした。

尚、出る前にギルドマスターにアッシュのことを確認したところ、「領主家が責任を持つなら大丈夫だ」とのお墨付きを貰えたので、空間魔法でクルトに連絡を取って許可を取り付けたんだが……「そういうことは最初に言ってくれ」とお小言を頂戴したのは、言うまでもない。

⑰

『しかし、カンザスの狙いは金か……？　だとしたら、妙な話だな』

「妙って、どういうこと？」

ギルドを後にした俺達は、アッシュを連れて町の中を練り歩きながら、これまでの情報を整理していた。

多くの人々で賑わう雑踏の中にあっても、アッシュの存在は中々に目立ち、人目を集めているんだが……ティアナと一緒だからか、あるいは〝対象のサイズに合わせて大きさを変える〟効果が付与された首輪を付け、飼い犬アピールをしているからか。思ったほど怖がられてはいない。

お陰で、こうしてのんびり相談しながら歩いていられるんだから、ありがたいことだ。

『金が目的なら、貧乏男爵のランドール家を標的にするのはおかしな話だろ？　実際、アッシュから貰った素材がなけりゃ、クルトは金を用意出来なかっただろうしな』

そうでなくとも、カンザスは用意された金を見て難癖すらつけていた。とても金に困ってる奴の言動とは思えない。

『だから、賠償金ってのは建前で、本当は金の代わりに他のものを要求する腹積もりだったたんじゃねえかな』

「……それって、ひょっとして今朝お父様が言ってた？」

『ああ、森の調査……もっと言えば、森の管理権そのものが、奴の目的だったんだろ』

私欲のために主要産業にダメージを与えて、挙句その尻拭いを民に押し付けるような奴だ。純粋な厚意で森の調査を引き受けるなんて、そんな虫のいい話はないだろう。

問題は、それ単体じゃ魔物がやたらと生まれる高魔力地帯ってこと以外、特になんもない森にそこまでする価値があるのか、ってことだが。

もしあり得るとすれば……。

『……森の魔力を使って、魔王薬をどうにか量産しようとしてる、とかか？』

「量、産……？」

『ああ。魔物災害すら自由に起こし、ある程度でもコントロールが利くような薬だ。欲しがる奴は多いだろうし、量産に成功すれば賠償金なんて目じゃないくらい稼げるぞ』

解析した限り、魔狼の森は魔王の魔力と親和性が高い。

多分、三百年前に森の近くで奴を封印した影響なんだろうけど、あの森の魔力を使えば、魔王薬そのものは無理でも、劣化コピー品くらいなら作れるかもしれない。

いや……薬を作ったのが本当に〝あいつ〟で、その技術が今のドランバルト家に継承されてるなら、それくらいは間違いなく作れるだろう。

「あんなの量産されたら、大変なことになっちゃうよ！　どうしよう？」

『あー、悪いティアナ、不安煽っといてなんだが、まだ確定じゃないからな？　むしろ、これだけだとドランバルト家が協力する理由が薄い』

冒険者達の話を信じるなら、ドランバルト領は順当な経営が出来てるみたいだからな。長男が大分悪さをしてるみたいだが、だからって金のためだけに手を出すには、魔王薬はリスクがデカすぎる。

俺が奴らの立場なら、薬の存在を秘匿していざって時の切り札にする。ルーベルト家なんて〝小物〟にそんな危ないもん使わせないだろう。

「じゃあ、他にも何かあるってこと？」

『そうだと思うんだがなぁ……』

ティアナに問われ、俺は悶々と悩み始める。

ぶっちゃけ、ルーベルト家が何考えてようがどうでもいいんだ。俺は薬が欲しいだけだし。

一連の事件に関与してるかどうかはともかく、薬の出所はドランバルト家で間違いないだろうし、何とか調査出来る口実でもないもんか……。

「うん？　どうしたのアッシュ？」

あれこれ考えていると、ティアナが不意に立ち止まった。

見れば、アッシュが近くにあった串焼き屋台に釣られ、これでもかってくらい涎を垂らしている。

分かりやすいな、おい。

『ティアナ、買ってやったらどうだ？』

「えっ、でもラル君……いいの？」

『俺のことは気にしなくていいよ。つーか、お前も遠慮なんてせずにちゃんと食え、大きくなれんぞ』

俺をチラチラと見ながら迷うティアナに、苦笑混じりにそう言って背中を押す。

今の俺はぬいぐるみの体だから、飯はなんも食えないんだが……ギルドで酒を飲むのに失敗して以来、ティアナはそのことで俺に気を遣ってるきらいがある。

俺だって思い切り飲み食いしたい欲求はあるけど、別に出来なかったら死ぬわけじゃないんだ。俺の分までたくさん食べてくれ。

「ありがとう、ラル君」

そんな俺の言葉を受け、ティアナは屋台に駆け寄っていく。

忙しなく作業していた店主の親父がそれに気付き、野太い声と共に手を挙げた。

「おっ、ティアナ様！　今日は良い肉がたくさん入ってるんだ、一本どうだい？」

「ロブおじさん、こんにちは！　えへへ、この子が食べたいみたいだから、二本ちょうだい」

「この子……」

ティアナの指す先で尻尾をパタパタと振るアッシュを見て、ロブと呼ばれた親父は何やら納得したようにひとつ頷いた。

「なるほど、そいつが例の使い魔ってやつかい。飯も食えるとはすげえんだな」

「えーっと、それは……」

「ガウッ！　我はティアナのトモダチである！」

「がはは、そうかそうか友達か！　そいつは悪かった、ほれ、串焼きやるから勘弁してくれ」

「うむ、次からは気を付けるが良い！」

ティアナがなんと答えるか迷っている間に、ロブとアッシュはあっさりと打ち解けていた。

多分、俺の情報が半端に出回って「使い魔は喋る」ってことだけ知ってたんだろうな、特に不審がる様子もないその姿を見て、俺は余計な混乱を生まないために動きを止める。

あーあー、俺はただの一般ぬいぐるみですよー。

「ほら、ティアナ様も」

「あ、ありがとう！」

そんな俺を見て、ティアナも説明は諦めたんだろう。素直に串焼きを受け取り、アッシュと一緒に食べ始めた。

「ん～、おいしい！」

「ワフッ！　こんなウマイ肉を喰ったのは初めてだ。褒めてやるぞ、人間！」

ばあぁっと笑顔の花を咲かせるティアナに、偉そうな態度ながら夢中になって食べ進めるアッシュ。

自分の串焼きをこれ以上ないほど堪能してくれる二人を見て機嫌を良くしたのか、ロブは更に追加の串焼きをサービスしてくれた。

「ティアナ様、もうじき魔法学園に行くんだろ？　寂しくなっちまうが……向こうでも頑張れよ、俺達ランドールの町の人間は、何があってもティアナ様の味方だからな」

「うん、ありがとう！」

またねー、と手を振りながら、ティアナはロブと別れる。

その後も、ちょくちょくと通りすがりの店主からあれやこれやと食べ物を貰い、気付けば両手がいっぱいになっていた。

『ティアナ、大人気だな』

「あはは……町のみんな、優しいから」

少しだけ魔法で運ぶのを手伝ってやりながら呟くと、ティアナは困ったように笑う。

食べきれないことを心配してるんだろうか？　まあ、アッシュがすげえ勢いで食べてるから、それは無用の心配だと思うけど。

『つーかちょっと気になったけど、ティアナってもしかして、町の人間全員名前覚えてんの？』

「えっ、うん。そんなに大きな町でもないし」

『マジかよ、すげーなおい』

転生してからずっと、町で誰かと会う度に迷うことなく名前呼びしてたからもしかしてと思ったけど、まさか本当に覚えてるとは。

まー、そりゃあ人気にもなるだろうな。ただの平民一人一人に至るまで、ちゃんと領主家が関心を払ってるってアピールにもなるし。

というか……、

『ティアナお前、そんなに記憶力良くてどうして勉強はあんなに苦手なんだよ』

「そ、それとこれとは別だよぉ……！」

思ったことをバッサリ告げると、ティアナは涙目になりながらぷるぷると震え出す。

悪い悪いと宥めすかし、落ち込む少女を慰めていると、後ろからドンッと一人の男がぶつかってきた。

「わわっ」

「おっと、悪いね」

軽く謝りながら、男は走り抜けていく。

まあ、これだけ人通りが多いんだし、小さなティアナが目に入らなかったのだとしてもおかしくはない。

そう、ぶつかるだけなら何もおかしなことはないんだ。

「いえ、私は全然大丈夫で……あれ？」

ティアナの手から、食べ物の詰まった袋と……、

『……あれ？』

俺がひったくられていなければ。

一気に走る勢いを強めた男の後ろ姿を見て、ティアナもようやくその事実に気付いたんだろ

う。悲痛な叫び声を上げた。

「ああ!!　みんなから貰ったご飯が!!」

「なにぃ⁉　我の飯が奪われただと⁉」

『俺は⁉』

ティアナやアッシュがまず真っ先に心配するのが食べ物という事実に、地味にショックを受ける俺。

いやうん、きっと俺は自力で対処出来ると信頼されてるんだろう。そうだと信じたい。

『なら、その信頼には応えないとなぁ!!』

ヤケクソ気味に叫びながら、すぐさま魔法陣を編み上げる。

子供相手にひったくりなんて働くような小物相手なら、大して強力な魔法を使う必要もない。

ちょっとビビらせれば――

「シーリャ」

「はっ、承りました」

『……ん？』

準備した魔法を発動するより数瞬前、通りすがった少女達の姿がやけに目に留まった。

一人は、豪奢な衣服に身を包んだ金髪の美少女。

歳はティアナと同じくらい。落ち着いた雰囲気と貴族らしい品位を感じさせる優雅な佇まいは、子供らしい無邪気さと明るさを持つティアナとは何とも対照的だ。

そしてもう一人、メイド服に身を包んだ少女がいる。

こっちは十五、六歳くらいか？　空に溶け込むような青の髪を短く纏め、主人を立てるように存在感を消している姿は従者の鑑《かがみ》と言ったところ。

そんなメイドが、気付けば音もなく俺とひったくり犯の前に佇んでいた。

「へ……？　ぶげらっ⁉」

あまりにも自然に正面に回られて反応すら出来なかった男の前に、一瞬だけ展開される魔法陣。

魔力の気配を微塵も感じさせない静謐な魔法発動に俺が感嘆の息を吐く頃には、男の体は宙を舞っていた。

「白昼堂々ひったくりとは、感心しないですわね。ましてや、この私の目の前でそんな狼藉……見逃されるとでも思って？」

ポーン、と放り出された買い物袋と俺の体をメイド少女が優しくキャッチしてくれている横で、無様に転がる男の前に金髪の少女が進み出た。

肩にかかった長い髪を優雅に払い、歳不相応なまでに大きく育った胸を揺らしながら、少女は堂々と名乗りを上げる。

「この私、レトナ・ファミールの目が黒いうちは、如何なる犯罪も許しませんわ‼　覚えておきなさいな‼」

その自信と気品に満ち溢れた振る舞いは、俺にかつて出会った少女の姿を想起させ——知ら

ず知らずの内に、目を奪われていた。

⑱

「食べ物を取り返してくれてありがとう！　えーっと、レトナ……様？」

「レトナでいいですわ、私達同い年でしょう？」

謎の少女とそのメイドに助けられた俺達は、ティアナの提案もあって彼女達をランドール家の屋敷に招待することに。

というのもこの金髪少女、ティアナが様付けで呼ぼうとしたことからも分かる通り、かなり高位な家柄のお嬢様らしい。

王国南部の貴族達を束ねる、戦闘魔法の大家。ファミール侯爵家の一人娘なんだと。

俺が知っている限り、ファミール家は伯爵位だったと思うんだが……この三百年で昇爵されたのか。

——いいですか、いつか絶対にあなたより強くなって、その盛大に伸びた鼻っ柱をへし折って差し上げますから、覚悟しておきなさいな!!

かつて俺に大見栄を切ったお嬢様とよく似た目の前の少女に、思わず笑みが零れた。

よっぽど頑張ったんだな、あいつも。

「えへへ、じゃあ改めてよろしくね、レトナ」

「ええ、こちらこそよろしくお願いしますわ、ティアナ」

お互い自己紹介も済ませ、屋敷の庭先でティータイム。アッシュはあまり長時間森を留守にしておけないということで、取り返して貰った食べ物を持って既に帰ってるから、お嬢様二人だけの静かなお茶会だ。

とは言っても、ランドール家が用意出来るお茶なんてさして高級な物でもないし、予定外の訪問で十分な準備もされていない。ランドール家からは場所とキッチンの提供だけ為され、お茶汲みは青髪メイドのシーリャがやってくれることに。

俺自身は味わえないからあれだが、漂ってくる香りだけでも相当に高級な品、それを匠とも言えるお茶汲み技術で淹れられていることが分かる。

うーん、やっぱり良いとこのお嬢様はメイドの腕前も違うんだなぁ。……今目の前にあるお茶セットをどこから取り出したのか、それだけは謎だけど。

茶葉にティーカップにティーポットに、終いにはテーブルまで取り出してたけど、本当にそれどこから出した？　空間魔法の気配は感じなかったぞ？

えっ、これくらいメイドの嗜《たしな》みだから普通って？　そんな普通あるわけないだろ。

「それで、レトナは何しにランドール領に？　ファミール家の領地からここは結構離れてるよね？」

俺がシーリャの謎スペックについて慄《おのの》いている間に、ティアナは気楽な態度でレトナに質問を投げかけていた。

なあ、もしかして俺がおかしいの？　俺が知らなかっただけで貴族のメイドってこのスペックが標準装備なの？

「魔法学園の入学前に、杖を新調しようかと思いまして。中々良い素材が見付からなかったところ、ランドール領で大量の魔物素材が出回っているという噂を聞き、こうして足を運びましたの」

「へ〜、なるほど〜」

「それともう一つ……私と同年代の子がフェンリルを従えたと聞いて、どんな子なのか気になったのですわ」

じっと見つめるレトナの視線が、ティアナを上から下まで流れていく。

全てを丸裸にせんとするその視線にたじろぐティアナに、レトナはくすりと微笑んだ。

「こう言ってはなんですけれど、あなたがフェンリルを降したとはとても思えないですわ。どんな手を使いましたの？」

「どんな手というか……ラル君のお陰なの」

ほら、と差し出された俺を見て、レトナは何とも微妙な表情に。

満面の笑みで反応を待つティアナに、レトナは一言。

「……変なぬいぐるみですわね」

「ええ⁉　こんなに可愛いのに⁉」

「どこを見てそんな感想に至ると思ったのか、逆に気になりますわ……」

バッサリと切り捨てられ、愕然とするティアナ。すまん、これに関しては自分のことだけど俺も同意だ。

「まあそんなことはどうでもいいのですけれど」

「よくないよ⁉」

「このぬいぐるみが、フェンリルを降した秘密というわけですわね」

ティアナの抗議をさらりと流し、今度は俺をじっと見つめるレトナ。

一見冷静そうに見えるが、俺にそーっと手を伸ばすその様子からして、得体の知れない「変なぬいぐるみ」という存在に少し怯えがあるのかもしれない。

『ああ、ティアナの魔力で動く使い魔だ。ラルって呼んでくれ』

「ラルね、分かりましたわ。しかし、この子が力の秘密と言われると、ますます分かりませんわね……」

つんつんと、おっかなびっくりに俺の体がつつかれる。

あちこちつついているうちに慣れて来たのか、ゆっくりさわさわと撫で回されて、何だかくすぐったい。

「魔力も感じられませんし……本当に戦えるんですの？」

『んー、そうだな、証拠を見せてやってもいいんだが……よし、ほれっ』

「……？」

目の前でポン、と手を叩いてみせると、レトナは首を傾げる。

何をしたのか分かってなさそうなその様子に、ひっそりとほくそ笑んでいると――

「ひゃあっ⁉」

突然、レトナがびくりと体を震わせる。

どうしたのかと目を瞬かせるティアナの前で、レトナは大慌てで首の後ろに手を突っ込み……、

「～～っ、これ、なんですの⁉」

小さな氷の欠片を取り出した。

必死に叫ぶその姿に思わず笑いそうになっていると、俺を見つめるレトナの瞳にどんどん涙が……って‼

『悪い悪い、ちょっとした悪戯だよ。服の中に直接氷を生成しただけだ』

「服の中って……自分の体から離れたところに魔法を発動するだけでも難易度は跳ね上がっていくというのに、その上他人の服の中に直接⁉　普通は魔力同士が干渉し合ってまともに魔法なんて紡げないですのに！」

『ふっふっふ、まあそれくらい朝飯前って奴よ』

俺がそう言うと、レトナは驚いたように目を丸くする。

まあ軽く言ってるけど、初心者には難しい技術なのは確かだ。だからこそ、この場でこうして披露したわけだし。

「お嬢様をセクハラで泣かせるとは……お嬢様、このおかしなぬいぐるみ、処しますか？」

「泣いてませんから、やらなくていいですわ‼」

なんてやってたら、お付きのシーリャが滅茶苦茶危ない目で魔力を滾らせていた。

何この子怖っ‼　いや従者としては割と真っ当な反応だけども‼

「だ、だめえ‼　ラル君は私の大事な……大事な……なんだろう？　ペット？」

『ティアナ、そこは迷わないでくれ……って、ペット⁉』

俺を守るように抱き締めながらも、こてりと可愛らしく首を傾げるティアナの姿に、思わず絶叫する。

いやもっと他に言い方があるだろ！　友達とか師匠とか‼　よりにもよってペットかよ⁉

しかもシーリャがそれで納得しやがったから、処されないためにも否定するわけにはいかないし……えっ、もしかして俺本当にこれからティアナのペット扱いなの？　マジで？

「まあ、ラルの力でフェンリルを降したのは分かりましたわ。どうやってこんな使い魔を手に入れたのかも気になりますけれど、そこまで踏み込むのも野暮というものでしょうし」

俺の出生はランドール家の秘密に関わると思ったのか、レトナは深く聞かずに引き下がってくれた。

正直助かるよ。この子がクルトみたいにヒャッハーするところはあんまり想像出来ないけど、俺の正体を知る人間は少ない方がいいからな。

「でも、仮にそんな力があったとして、何をどうすればティアナがフェンリルと戦う流れになるんですの？　フェンリルが町まで下りて来たとか？」

『ああ、それは……』

その代わりとばかりに投げかけられた問いに、俺は簡単な経緯を答えた。

人為的に発生した魔物災害、それによってルーベルト子爵領で発生した被害とその賠償問題、なぜかルーベルト家の肩を持つドランバルト侯爵家と、それに対抗すべく金を稼ごうと魔物狩りをしたこと。そして更に、森の中で見つけたドランバルト家の紋章が彫り込まれた瓶の欠片に、そこに入っていたであろう薬の効果――

それらの説明を一通り受けたレトナは、俺が取り出した瓶の欠片を確認すると、一気にその表情を険しくした。

「魔王薬……まさか、そんなものが表に出て来るなんて!! ドランバルト家は一体何をしているんですの……!!」

『知ってるのか、レトナ?』

「……ええ、まあ……あまり大っぴらに話すことではないので、他言無用でお願いしますわよ」

俺とティアナに対してそう釘を刺しながら、レトナは薬について話し始めた。

曰く、魔王薬というのは、意外にも魔王の魔力を〝無害化〟させようとして生み出されたものらしい。

三百年前、俺の魔法によって魔王は封印された。が、本体が封印されて尚、戦闘の中で辺りに撒き散らされた体の一部が魔力を垂れ流し、それによって発生した魔物が周辺地域を脅かしていた。

それをどうにかするため、ドランバルト家の先祖……俺の教え子である（ということになっている）フェルマー・ドランバルトが、その知識と技術を用いて浄化に挑み、失敗し、それでも精一杯害のない物に変換しようとした結果の一つが魔王薬なのだと。

「そうしてフェルマー・ドランバルトが作り出した魔王の遺物は、各侯爵家や王族がそれぞれ一つずつ預かり、厳重に保管してきましたの。ですので、ドランバルト家が魔王薬を持っていることは聞かされていましたが……まさかそれが、このような形で悪事に利用されているなんて、思いもよりませんでしたわ」

信じられないとばかりに、レトナは頭を振る。

まあ、使い方次第じゃ町の一つくらいは簡単に滅ぼせる劇物だからな……それがどういう経路か不明ながら、犯罪に利用されてるんだ。焦りもするだろう。

『俺は今回の一件、ルーベルト家はただ金をエサに利用されてるだけで、ドランバルト家こそが主犯なんじゃないかと思ってるんだが……どうだろう？』

「……確かに、この薬が使用されている時点で、ドランバルト家が無関係とは言えないでしょう。ですが……分かりませんわね」

『分からないって、何がだ？』

「ドランバルト家の動機ですわ」

レトナの指摘に、俺は困り顔で押し黙る。

そう、俺もドランバルト家が関わっているのは間違いないと思いながらも、ルーベルト家と違ってハッキリとした動機が見えて来ないのが気になっていた。

レトナの話が本当なら、魔王薬は他の侯爵家や王家にはその存在を知られている。薬の存在が明確になった時点で、ドランバルト家が疑われるのはほぼ確定だ。

あれほどの劇物を使用したとあっては、いくら侯爵家といえどタダじゃ済まない。それほどのリスクを負って尚、何を求めることがある？

「ドランバルト家は魔法薬の製造に精通しておりますし、魔王薬の研究が進めばその複製はもちろん、新たな薬を生み出して強大な力と金を得ることも不可能ではないでしょう。ですが……現当主様はとても善良な方ですし、領地経営は比較的順調で王家の信頼も篤いですから、そんなことのためにわざわざ危ない橋を渡るとも思えません」

『だけど、ルーベルト家の後ろにドランバルト家がいるのは間違いない。ランドール家に、家紋入りの封蝋をつけて圧力をかけてきたみたいだしな。あれは偽装出来ないだろ？』

「それは、そうですわね。しかし、そうなると……」

思考が袋小路に迷い込み、俺とレトナは揃って唸り声を上げ続ける。

ドランバルト家が関わってくる理由がない、でも状況的には無関係ということもまた考えにくい。どうなってんだ？

「うう～ん……？」

そんな俺を抱えながら、ティアナもまた頭上に山ほど疑問符を浮かべていた。

途中から全く話について来れてなかったけど、大丈夫か？

「ティアナ、先ほどからずっとそんな調子ですけれど、どうしたんですの？」

「えっとね、なんで二人とも、ドランバルト家のことばっかり考えてるのかなって」

『ん？　そりゃあ、ドランバルト家が薬の出所で、今のところ一番主犯っぽかったからだろ？』

もしやそこから分かってなかったのか？　と不安になったが、どうもそうではないらしく。

ティアナはぶんぶんと首を横に振った。

「今回使われたのって、ドランバルト家の封蝋と魔王薬だけだよね？　それなら、当主と関係なく他の誰かが勝手に持ち出したのかもしれないよ」

「いえ、あの、ティアナ？　封蝋にしろ魔王薬にしろ、流石にそこらの誰かが持っていけるような雑な管理をする物じゃないですわよ？　特に封蝋は、それ単体で家としての意向を示すものですし、当主が肌身離さず持ち歩くはずで……」

「でも、次期当主候補なら、当主の代理で封蝋を使ったり、大事な物の管理を任されることもあるよね？　持ち出すのは簡単だと思う」

ティアナの指摘に、俺とレトナは揃ってハッとなる。

確かに、その条件なら家の意向と関係なく、今回の一連の流れを実現出来るかもしれない。

「……それならば、可能性があるのはドランバルト家長男のガルフォード・ドランバルト様。そして、次男のルクシード・ドランバルト様ですわね。今現在、二人は後継者争いの真っ只中ですから、功を焦って魔王薬に手を出したとしてもさほど不自然ではありません」

『後継者争い？』

「ええ、実は……」

本来、貴族家の当主は長男が継ぐのが習わしだ。

しかし、ドランバルト家の息子二人は、とある事情でどちらに転んでもおかしくない状態にあるらしい。

「兄のガルフォード様は人当たりが良く、優秀な人物ではあるのですが……以前、ドランバルト家を追放されかけたことがありますの」

『追放とは相当だな。何をやらかしたんだ？』

「私も、詳しい理由は分かりませんわ。ただ、当主自ら『これ以上民を苦しめるわけにはいかない』と語っていたと聞き及んでおりますの。当時、ガルフォード様は魔法薬の研究に携わっていたそうですので……何か、表沙汰に出来ないような実験に手を染めていたのではないかと噂されていますわ」

『ふーん……』

冒険者ギルドで聞かされた、言い掛かりに等しい罪状による民の連行の話が頭を過《よぎ》る。

確証はないが、随分と怪しいな。それに、魔法薬の研究をしていたなら、魔王薬について詳しく知っていてもおかしくない。

「そのようなことがあって、ドランバルト家内部ではルクシード様を支持する声が多数上がったのですが、ガルフォード様の武威は本物ですし、何よりルクシード様は妾の子ですので、元の立場が弱く……現状、ややガルフォード様有利といったところでしょうか」

『なるほどな……』

状況証拠だけ見るとガルフォードが怪しいが、動機の面ではルクシードの方があり得るように感じるな。とはいえ、本当にこの二人のどちらかだと断言するのもまだ時期尚早だ、もっと分かりやすい証拠が欲しい。

そう思っていたら、ティアナがまたも不思議そうに口を開いた。

「誰が犯人かなんてここで考えなくても、ルーベルト子爵が欲しがってる森の調査権の話をつっぱねてれば、向こうから会いたいって言ってくるんじゃないかな？　この状況で私たちに対して〝当主代理〟を名乗る人が出てきたら、その人が犯人で間違いないよね？」

「『…………』」

「あれ、二人ともどうしたの？」

顔を見合わせたまま硬直する俺とレトナに、ティアナはこてりと首を傾げる。

その無自覚な様子に、レトナは深々と溜息を溢した。

「あなた、惚けた顔をしておきながら意外と頭が回りますのね……危うく騙されるところでしたわ」

「えっ、どういうこと⁉」

『全くだ。正直、俺もティアナのことはただのおバカだと思ってたよ』

「おバカ⁉　ラル君、私のことそんな風に思ってたの⁉」

ガーン⁉　と擬音が付きそうなくらい落ち込むティアナだけど、これまでの言動を顧みると仕方ないというかなんというか……いや、悪かった、俺が悪かったから泣くな。

「シーリャ」

「はっ」

「ファミール本家に連絡を取って、ドランバルト家について調査をお願いしますわ。杞憂ならばそれで構いませんが、万が一この事が真実で、更にそれが公になるような事態になれば、侯爵家が一つ揺らぎかねません。あの家の当主がこの事をどこまで把握しているのか……いえ」

しばし考え込む素振りを見せたレトナは、顔を上げるなりとんでもないことを口にする。

「そもそも、当主様が今も健在かどうかも含めて、確認してくださいませ」

……レトナは、〝当主代理〟がただ封蝋を無断使用しただけの話じゃなく、〝当主不在〟の結果として強権を振るっている可能性もあると考えたのか。

確かに、それなら多少の無茶も押し通せるし、最悪全ての罪を当主に擦り付けることすら出来るかもしれない。

もしそうなら最悪の展開だが、確かめておくに越したことはない、か。

「承知しました。では」

軽く一礼すると同時、ふっ、とシーリャの姿が掻き消える。

……なあ、今の魔力を一切感じなかったんだが？　まさか純粋な身体能力で今のをやったんじゃないだろうな？　正直、今回の件の犯人よりシーリャの方が謎の存在に思えて来たんだけど。

「後はシーリャの調査結果を待つだけですわ。まあ、流石にあの子でもしばらく時間はかかるでしょうし、それまではお待ちくださいな」

『いや、助かるよ。正直俺達もこれ以上どう調べればいいか分からなくて困ってたところだから』

レトナは悪い子じゃなさそうだし、シーリャについてはひとまず保留しとこう。何かもう聞くだけ無駄な気もしてきた。きっとメイドだから仕方ないんだ、うん。

「では、お礼ついでに一つお願いしてもよろしいかしら？」

『ん？　なんだ？』

俺が自分の常識と葛藤していると、レトナからそう問い掛けられる。

ランドール家単独じゃ、ここまでのスキャンダルを扱いきれない。ドランバルト家……いや、その息子二人か。犯人と思しきそのどちらかを追い込むにはファミール家の協力が必須だし、多少の無茶振りには応えないとまずいんだが、何を言われるやら。

そう警戒を募らせる俺に、レトナは大したことじゃないとばかりに微笑んだ。

「ラルはフェンリルを倒すほどの魔法を扱えるのでしょう？　私、今のままでも十分な実力があると自負しているのですが、せっかくですので指導していただけませんこと？」

『なんだ、そんなことか。別に構わないぞ、それくらい』

思った以上に平和な内容に、俺はすぐに応諾する。

レトナは侯爵家の娘で、その口ぶりからしても魔法には相当の自信がありそうだ。

この時代の魔法使いのレベルを改めて測る意味でも、最新の魔法がどんなことになっているのか知る意味でも、レトナに限らず俺にとっても実入りの多い時間になる予感がする。

「それなら、私も一緒にやる！　ラル君、私にも魔法を、戦い方を教えて！」

『いいけど、どうした急に？』

「えっと、ほら、私メアリちゃんに守るって約束したでしょ？　でも、今の私にそんな力はないから……だから、ちゃんと強くなりたい。強くなって、私の力で守ってあげたい！」

決意の籠もった目で叫ぶティアナに、俺は口角を吊り上げる。

どうやら俺が思っていたよりもずっと、ティアナの中でしっかりと覚悟は決まっていたみたいだな。それがギルドの一件で、こうして形になったんだろう。

なら、俺も少しは後押ししてやらないとな。

『分かった、二人纏めて教えてやるから、ちゃんとついてこいよ。泣き言は言ってもいいけど、投げ出すなよ？』

「うん、がんばる!!」

「ファミール家の娘に、投げ出すなどという選択肢はございませんわ！　どんな訓練もやり遂げてみせますの！」

気合を入れる二人の少女に、俺は大きく頷き返す。

こうして、俺はシーリャの調査結果が出るまでの間、二人に魔法の指導をすることになるのだった。

⑲

「全く、ランドール家には困ったものですな。まさか魔物災害の一件があって尚、森の調査権すら手放さないとは。フェンリルを従えたことで、よほど調子に乗っていると見える」

馬に引かれて揺れ動く馬車の中、カンザス・ルーベルトは忌ま忌ましげにそう漏らす。

ルーベルト家の家紋が掲げられたこの馬車は、一般の商人が使うそれに比べて遥かに豪華な造りになっており、当主の見栄が煌びやかな宝飾という形でこれでもかと露骨に表れている。

「そうは思いませんか、ガルフォード様」

しかし、そんな馬車の中において、カンザスを差し置いて自分こそが主だとばかりに上座に座る一人の男がいた。

スラリと引き締まった痩躯に、切れ長の瞳。薄らと浮かべる笑みの表情からは、己に対する絶対の自信を窺わせる。

ガルフォード・ドランバルト。ドランバルト家の長男であり、カンザスと結託して今回の騒動を引き起こした元凶である。

「そうですね、ドランバルトの名を聞いて尚、大して利益のない調査業務すら手放さなかったのは、少々意外でした。彼らにとっても、さほど悪くない話だったのですが……どうやら、田舎貴族にも少しはプライドというものがあったようですね」

やれやれ、と嘆くように呟くガルフォードだったが、言葉とは裏腹に焦った様子もあまりなく、ゆったりと深く椅子に腰を下ろしている。

そんな彼の目が、カンザスの隣に座る青年へと向けられた。

「ここ数日ランドール領で過ごしていた貴方は、この流れをどう見ますか？　ベリアル」

「えっ、あ、お、俺は……」

窓の外を眺めていたベリアルは、急に話を振られて困惑の声を上げる。

いくら格上とはいえ、家人でもない人間に呼び捨てにされるのは本来無礼に当たるのだが、カンザスの言葉にはそれを否と言わせないだけの凄みのようなものが備わっていた。

「……ランドール家は既に、魔王薬についてある程度掴んでいるのではないかと。それで、森の調査を他家に任せてしまうことにリスクを感じているのではないでしょうか」

「な、なにを言っているのだベリアル⁉　ランドール家にそのようなことが分かるわけが……」

「ふむ、なるほど。確かに、それなら此度《こたび》の対応も納得がいきますね。今回の事件が、人為的に起こされたものだと気付いたのでしょうか」

「なっ……⁉　そ、それでは我々の計画も既に連中にバレているのでは⁉　森に立ち入りたくば同行という形でしか認めぬと言ってきたのも、我々の邪魔が目的で……⁉」

ガルフォードがあっさりとベリアルの言を肯定したことで、カンザスは泡を食ったように喚き出す。

その滑稽さに思わず呆れるガルフォードだったが、そのような感情はおくびにも出さず、ごく穏やかな口調で語り掛ける。

「そう慌てずとも良いでしょう。たとえ何に気付かれていたとしても、相手は所詮男爵家です。私の障害にはなり得ません」

「おお、流石はガルフォード様！　奴らの下賤な企みなど、取るに足らぬということですな⁉」

些細なことすら全力で持ち上げようとするカンザスの姿に、ガルフォードは僅かに口角を吊り上げる。

格下の男爵如きにしてやられるような小物だが、賑やかしとして使う分には悪くない。金さえちらつかせれば何でも言うことを聞く駒というのも、下手に頭が回る輩《やから》よりよほど使いやすくて便利だ。

それに――世に蔓延《はびこ》る無能すら上手く使ってみせてこそ、支配者の器というものだろう。

故に、その忠誠を少ない語彙で必死に表現しようとする無能《カンザス》もまた、自らの正しさを証明するアクセサリーの一つに等しい。飽きたら捨てればいいだけ。そう考えれば、下手なおべっかも気分良く聞いていられるというものだ。

「ええ、だからこそ、こうして直接ランドール家に出向こうとしているわけです。少々面倒ですが、突然私が現れればあちらも動揺するでしょうし、そこで上手く言いくるめるとしましょうか」

「ははは！　奴らもまさか、ガルフォード様自ら乗り込んでくるとは思ってもいないでしょう。驚く顔が目に浮かぶようです！」

高笑いを浮かべるカンザスに対し、息子のベリアルは溜息交じりに外の景色を眺めている。

温度差の激しい親子の姿を訝しみながら、到着したのはランドール家の屋敷。

侯爵家の跡継ぎたるガルフォードからすれば、もはや屋敷と呼ぶのも烏滸《おこ》がましいほどにみすぼらしい建物だが、元々が貧乏男爵家なのだからこんなものなのだろう。そのことに哀れみすら覚えながら、使用人に案内されて応接室へと向かう。

ランドール家当主、クルト・ランドール。直接会うのは初めてだが、お人好しで腹の探り合いを不得手とする相手だという情報は掴んでいる。

多少の真実に気が付いていたところで、どうとでも誤魔化せる。そう思いながら、軽い調子で扉を開け――

「あら、これはガルフォード・ドランバルト様。ごきげんよう」

そこに、クルト・ランドールと共にソファへ座っていた少女の姿を見付け、頭を棍棒で殴られたかのような衝撃を受けた。

「……これはこれは、レトナ・ファミール嬢ではありませんか。まさか、このような場所でお目にかかるとは思いませんでしたが……どうしてこちらに？」

「ふふふ、私のことを覚えていらっしゃったようで光栄ですわ。しかし、どうしてと言われましても、私はただ新しい杖を購入するためにこちらの領地を訪れたので、その間しばしランドール卿の屋敷に住まわせて頂いているだけですの。ちょうど歳の近い子がいて、とても仲良くさせて頂いていているんですのよ？」

「なるほど、同じ王国を守る貴族同士、仲が良いのは良いことですね」

レトナの言い分に、ガルフォードは表面上はにこやかに対応しつつも、心の内では盛大に舌打ちを漏らしていた。

魔王薬について掴まれているのはまだ想定されていたが、まさかいち男爵家が侯爵家を味方に引き入れているとは思いもよらなかったのだ。

だが同時に、この程度なら問題ないと自らの心に言い聞かせる。

いくら同格の侯爵家とはいえ、相手はまだ学園にも通っていない小娘が一人。いくらでも丸め込めるだろう。

「それで……私のことはともかく、ガルフォード様はどうしてこちらに？　これはランドール家とルーベルト家の話し合いでしょう？」

「それはそうですが、ドランバルト家は西部貴族の取りまとめもまた仕事の内ですからね。当事者間だけでは解決し得ない問題が起きれば、こうして出向くのもお役目というものです」

「その割には、随分とルーベルト家の肩を持つんですのね」

「おや、私が贔屓《ひいき》をしていると？　私はただ、今回はランドール家の非が大きいと判断したまでのことですよ」

「ふふふ、ひとまずはそういうことにしておきましょうか」

バチバチと、両者の間で視線が交錯し、火花を散らす。

小娘が、と内心で吐き捨てたガルフォードは、クルトに勧められるがままにテーブルを挟んだ対面のソファへと腰掛ける。

思わぬ事態に動揺を隠せないカンザス親子に、格上貴族に囲まれ居心地が悪そうなクルト。

もはや当事者こそが完全に蚊帳《かや》の外に置かれている状況下で、まず口火を切ったのはレトナだった。

「さて、私も事情は聞かされました。魔物災害の被害に遭ったルーベルト領の方にはお悔やみ申し上げます、が……その責がランドール家にあるとは、私は思いませんわ」

「と、言いますと?」

「これですわ」

ことん、とテーブルに置かれたのは、割れた瓶の欠片。

ドランバルト家の紋章が彫り込まれたそれを見て、ガルフォードの眉がぴくりと跳ねる。

「ガルフォード様もご存じですわよね？　魔王薬。ドランバルト家で厳重に保管されていたそれが、半年ほど前に何者かに盗み出されたそうですね。しかも、その際にご当主様が負傷なさったとか。それほどの相手に奪われた薬の一部が、ランドール家の管理する森の中で見付かった……先の魔物災害は、何者かによる人為的なテロ行為と考えて良いでしょう。ランドール家に責はありませんわ」

如何でしょう？　と問われ、ガルフォードは無意識の内に何度もテーブルを指先で叩く。

魔王薬の存在に気付かれるのは想定内だったが、それとドランバルト家との繋がりを導き出し、更には当主の現状まで調べ上げられるとは予想外だ。苛立ちが募る。

「……仮にテロ行為であったとしても、その様子では犯人もまだ捕らえられていないのではありませんか？　ならば、その標的となったルーベルト家が森に調査団を派遣するのも正当な権利と言えるでしょう。ランドール家が拒むことは出来ないはずです」

「あら、ですからクルト様は〝共同調査〟をしようと持ち掛けたのではありませんこと？」

理屈を捏ねて食い下がるが、レトナにはその程度想定内とでも言いたげに軽くいなされる。

その上、更なる追撃がガルフォードを襲った。

「ご心配なさらずとも、ランドール家のティアナ・ランドール嬢とその使い魔は、既に魔王薬の持つ魔力を解析し終え、いつでも残る薬の所在を割り出せるとのことですわ。更に、ルクシード様の計らいで、ドランバルト家からも調査員が派遣されることになりましたので、犯人も遠からず捕らえられることでしょう。資金不足で苦しいルーベルト家が無理をなさる必要はございませんわ」

「ぐっ……!?」

図星を突かれ、カンザスが呻く。しかし、ガルフォードとしてはそんな彼に意識を割く余裕もなかった。

魔王薬の持つ魔力は解析済み、いつでもその所在を掴むことが出来る――

ハッタリも交ざっている、と思いたいが、全くのデタラメというにはあまりにも大言壮語が過ぎる。

もしそれが本当なら、遠からず自分の犯行を裏付ける証拠を押さえられてしまうだろう。それはマズイ。

「どうか、それで納得していただけませんか、ガルフォード様？」

にこりと、レトナは天使のような微笑みを浮かべてみせる。

ぬいぐるみ片手におままごとでもしていた方がよほどお似合いな幼い少女に、自らが追い込まれてしまっているという認めがたい事実。

いっそ、この場で捻り潰してくれようか。

そんな考えすら頭に浮かべながら、ガルフォードはゆっくりと立ち上がり――

「素晴らしい、まさかこの短期間で、それほどの調査をやってのけるとは。成長されましたね、レトナ様」

余裕の笑みを返しながら、手放しの称賛を送った。

この反応は予想外だったのか、ここに来て初めて僅かに視線を泳がせるレトナに、ガルフォードはあくまで紳士的に手を差し伸べる。

「ドランバルト家としても、薬を盗み出した賊のことは頭痛の種でした。それを捕らえられると言うのであれば、私としても協力は惜しみません。どうぞ、ティアナ様にもよろしくお伝えください」

「え、ええ……そうさせて頂きますわ」

握手を交わし、今度はその視線をクルトへと向ける。

長らく放置され、もはや完全に部外者扱いだった彼にもまた、ガルフォードは謝意を述べた。

「ランドール卿にもご迷惑をお掛け致しました。どうやら、今回は私の早とちりだったようですね。何分、私も父の件などあって少々焦っておりました。先の賠償金につきましては、私が責任を持って立て替えさせて頂きますので、どうかご容赦を」

「い、いえ、そんなことは……」

レトナに引き続き、クルトもまた戸惑いの表情でガルフォードを見る。

ほぼ犯人で間違いないと思っていた相手が、ここまで言って尚動揺しない、どころか協力すら申し出て来たことで、その胸中に疑念が生じたのだろう。本当に、この男が犯人なのか？と。

そんな二人の内心をほぼ正確に読み取ったガルフォードは、紳士的な笑みの裏で仄暗《ほのぐら》く嗤《わら》う。

この程度で揺れるなど、まだまだ詰めが甘い、と。

「それでは、ルーベルト卿、ベリアル様も。今日のところは帰るといたしましょうか」

「分かりました」

「は、は⁉　よろしい、のですか？」

「ええ。あくまで私は、森と領地の平穏が守られることが第一です。ルーベルト卿としても、自らの手で犯人を捕らえたいお気持ちはお察ししますが……ここは一つ、彼らに託してみましょう」

「は、はい……分かりました……」

何も分かっていないカンザスを宥めたガルフォードは、ベリアルを従者の如く伴いながら屋敷を後にする。

馬車に乗り込み、離れていくランドール家を眺めながらまったりと寛ぐ彼の姿に、カンザスは我慢ならないとばかりに声を荒らげた。

「ガ、ガルフォード様!! あのようなことを言って良かったのですか⁉ も、もし本当に薬の所在がバレているのだとすれば、私達は……!!」

「やれやれ、少しは落ち着いてください。ここではまだ、誰が聞いているかも分からないのですから」

それでも尚、態度の変わらないガルフォードに、カンザスは目を白黒させる。

ランドール家、ファミール家、そしてドランバルト家。もはや四面楚歌と言えるほどに敵の増えた現状にあって、なぜこの男は落ち着いていられるのか。

「大丈夫ですよ、確かに想定外のことが重なって驚きましたが……何も問題はありません。少々の疑念など、圧倒的な成果を前にしては、簡単に吹き飛ぶ一時の夢でしかないのですから」

どこまでも冷静に嗤い続けるガルフォードに、カンザスの背筋をゾクリと悪寒が駆け抜ける。

その瞳に灯るのは、ドロドロとした暗い輝きを放つ憎しみの炎。

自らに歯向かう愚か者は、誰であろうと捻り潰す――紳士然とした仮面の裏に隠された、暴君としての顔だった。

「とはいえ、せっかくこの私が考えた〝安全な〟プランを台無しにしてくれたのは確かです。少々強引な手になりますが……いいでしょう。これが彼女達の望んだ結末なら、存分に楽しんでもらいましょうか」

ガルフォードの放つ怒気に当てられ、カンザスは狭い馬車の中で後退る。

無意識に逃げ場を求め視線を彷徨わせていると、ふとそんな状況にあって尚、心ここにあらずといった様子で俯く息子の姿が目に入った。

「ベリアル、貴方はランドール家に向かう前から集中を欠いていましたが……私に何か、思う所でもあるのですか？」

「はっ、い、いえ、俺は別に何も……」

ガルフォードに話しかけられ、歯切れ悪く答えるベリアル。

咎めるような視線に堪えかねた青年の目が、逃げるように窓の外へ向く。

すると、向けられた先で何かを見付けたように、視線がある一点で固定された。

「ふむ？　……おや、あれは……」

それに釣られ、窓の外を見たガルフォードの目が捉えたのは、一人の少女だった。

父親と共にドランバルト領を抜け出し、この町まで逃げて来た女の子。

ガルフォードが目を付け、ただ一人殺し損ねた子供――メアリだ。

「止まれ」

ガルフォードの一言で、馬車が停止した。

馬の嘶《いなな》きに近くの民衆が驚く中、騒ぎを起こした当事者であるガルフォードはベリアルへと命令する。

「ベリアル、あの少女を連れて来なさい。抵抗するようなら力ずくでも構いません」

「なっ……何を理由に？　ここはランドール領です、あまり無体なことをすれば騒ぎになりますよ」

「問題ありませんよ、あれは私の領の民です。勝手に逃げ出したというだけで、罪状としては十分でしょう」

「ですが……」

「問題ないと言っているでしょう？　それとも、私に逆らうのですか？」

ガルフォードに睨まれて、ベリアルは口を噤む。

借金によって追い込まれたルーベルト家の跡取りとしての立場、それに何より、目の前の男から放たれる圧倒的なプレッシャー。

有無を言わせぬ力に呑まれてしまった青年へと、ガルフォードは再度告げる。

「連れて来い。これは命令です」

レトナの調査と協力もあって、カンザスやその後ろ盾……ドランバルト家長男、ガルフォード・ドランバルトを追い返した俺は、レトナとの約束を守るため、その日の内に魔法訓練を見てやっていた。

「行きますわよ、《火炎散弾《フレアショット》》!!」

ランドール家の訓練場にて、レトナの炎魔法が炸裂する。

小さく圧縮した炎の弾丸が丸太にぶち当たり、ビキリと音を立てて罅《ひび》が入るその光景を見て、ティアナは「すごい！」と瞳を輝かせる。

「ふふん、どうですか、私の魔法は！」

ドヤッ、と豊満な胸を張りながら髪をかき上げてみせるレトナに、俺は一言。

『うん、弱いな』

「…………」

「お嬢様、やはりこの生意気なぬいぐるみ処しましょう」

「ち、違うの！　ラル君はただちょっと自分に正直すぎるだけで、悪気があって言ったわけじゃないの！」

『ティアナ、それ全くフォローになってないからな？』

「ええ⁉」

無自覚だったらしく、俺の指摘に大慌てのティアナ。

一方、思い切り追撃を喰らったレトナはと言えば、胸を張った姿勢のままぷるぷると震えていた。

「わ、私がまだまだ未熟なことは分かっていますから、気を遣って頂かなくて大丈夫ですわ！……ぐすん」

『あー、泣くな泣くな、別に見込みがないってわけじゃないんだから。むしろ素質はあると思うぞ』

「ぐすっ、本当ですの？　あと、泣いてませんわ‼」

涙目になっているのを必死に堪えながら問い掛けるレトナに、俺は大きく頷く。

ガルフォードと話してる時はすげえ堂々とした貴族って感じだったけど（例によって盗み聞きした）、こうして見るとまだまだ子供だな。背伸びしようとしている感じが何とも微笑ましい。

『魔力量は十分だし、魔力操作のセンスもある。実際、魔法陣の構成は綺麗だしな。そのまま教科書に載せられそうだ』

「じゃあ、何がいけないんですの？」

『綺麗過ぎる……っつーか、形に拘《こだわ》り過ぎるのが問題だな』

俺の言っている意味が分からなかったのか、はてと首を傾げるレトナ。

まあ、綺麗に出来てるのに、そのせいで悪いと言われてもピンと来ないか。

『魔法陣ってのは、魔力を魔法に変換するために存在する。逆に言えば、変換さえ出来るんならそう綺麗である必要はない。例えば……』

俺は目の前に魔力で大きく円を描き、中心にはデカデカと〝炎〟の文字。

魔法陣としての形式や定石を無視した、ただ光って可視化されているだけの魔力の落書き。

けれど、そこに魔力を注ぎ込んでやれば――

『《火炎散弾《フレアショット》》』

――レトナと同じ、けれど遥かに強力な一撃が放たれ、丸太を粉々に打ち砕いた。

それを見て、ティアナはいつも通り無邪気にすごいすごいと囃し立て、レトナは口をあんぐりと開けたまま固まっていた。

『な？　大事なのは形じゃない、どんな魔法を、どんな想いを込めて使うかだ。自分の中にある願いを明確にイメージし、しっかりと魔力を練り上げれば、魔法は自ずと応えてくれるんだ。分かったか？』

そう問い掛けるも、レトナはいまいちよく分からないと言った顔で首を傾げていた。

「……その、魔力を練り上げるって、どういうことですの？　普通に魔力を流すのとは違うんですの？」

『……なるほど、そこからか』

素質はありそうなのに、魔法だけがやけに弱いと思ったら、そういうことか。

もしかしたら、この時代の魔法が昔に比べて弱体化してる理由も、そこにあるのかもしれないな。

『魔法は、魔力を使って発動するものだってのは知ってるな？　魔力は肉体が作り出すものだけど、魂を介して魔力を練り上げることで、その純度を高めてより質の高い魔力にすることが出来るんだ』

「質……ですか」

『そう。しっかりと練り上げた魔力で発動した魔法は、そうじゃない魔法に比べて数倍から数十倍の威力が出る』

「そ、そんなにですの⁉」

予想外だったのか、レトナは思い切り目を丸くする。

俺からすれば割と常識だったんだけど……この三百年の間で廃れてしまったんだろうか？

『威力だけじゃないぞ。質の高い魔力は、その分だけ魔法の精度と自由度も引き上げてくれる。そういう意味では、ティアナが中々上手いんだけど……ティアナ、レトナにあれ見せてやれ、花ゴブリン』

「ふえ？　分かった」

俺がそう言うと、ティアナは早速魔法を使う。

ポンポンと、銀の花が体中に咲き乱れ、形を整えて無駄にリアルなゴブリンを形成していく。

「じゃじゃん！　ゴブリンだぞー！　がおー！」

「……す、すごく器用なことをしているはずなのに、出来上がったものがくだらないせいでいまいち褒める気になれませんわ……」

「えぇ⁉」

情け容赦ないレトナの率直な意見に、ティアナが打ちひしがれがっくりとその場に膝を突く。

いやまあ、うん、フォローは出来ない。

『花ゴブリンなんてヘンテコな変装に意味があるのかどうかはこの際置いといてだ』

「ラル君⁉　ラル君まで私のゴブ太をくだらないって言うの⁉」

名前あるのかよそれ。

『重要なのは、ティアナが自分の願いに対して真っ直ぐに向き合ったことで、無意識にせよ魂の力を引き出せてるって点だ。ゴブリンになりたいっていう願いにな』

「ねえラル君、私ゴブリンになりきったら面白いかなって思っただけで、ゴブリンになりたいわけじゃ……」

違うのかよ。

「願い、ですか……」

『そう。一流の魔法使いは、魔力を通してその魂を知覚し、知覚した魂の力で以て魔力を限界まで練り上げて魔法を使う。けど、目に見えない魂をいきなり感じるのは難しいから、まず初心者がするべきなのは、自分の願いを知ることだ。自分の心からの願いを強く思い描くと、魂がその輝きを増して魔力が一際強くなる。それが、上達するための第一歩だな』

この辺り、ティアナは持ち前の素直さもあってか、魂の輝きが元から強いんだよな。

これで属性変換がしっかり出来れば、相当な魔法使いになれそうなもんだけど……今日も今日とて、全く上手くいってない。レトナとは別の意味で困った状態だ。

まあ、それもやりようだとは思うけど。

「……ラルにも願いはあるんですの？」

そんな風に、ティアナの練習風景を見ていると、レトナにそう問い掛けられた。

俺に願いはあるのかって？　ははっ、愚問だな。

『誰よりも、何よりも強くなりたい。それが俺の願いだ』

魔法使いを志した時からずっと、ぬいぐるみに落ちぶれた今になっても変わらない。

強さの果てに何を求めるのか。そんな風に聞いてきた奴もいたが、俺にとっちゃ強くなることそのものが目的だ。

『何せ、楽しいからな。上を目指して突き進むのは』

ガキっぽいと笑われたこともある。そんな理由でと呆れられたこともある。

でも、それが偽らざる俺の本心で、本質だ。まずはそこに向き合わなきゃ、魔法使いなんてやってられん。

「……なるほど、そんな風に教えられたのは初めてですわ。私の知る魔法の先生は皆、単純な魔力量と魔法陣の展開速度・精度の話しかしませんもの」

『それも間違いじゃないから気にするな。魔法陣が綺麗に出来れば、魔力の変換効率が上がって効果が上がるのも確かだしな。ただ、一つ大事なことが欠けてただけだ』

「ふふ、そうですわね。なら、その足りない一つを補うため、今しばらくご指導お願いしますわ、〝先生〟？」

そう言って、柔らかく微笑を浮かべるレトナの姿に、俺は少しばかり照れくささを覚える。

先生、か……まさか、あいつの子孫からそんな風に呼ばれる日が来るなんてな。会うたび会うたび攻撃魔法をぶっ放してきたあの頃のあいつからは、想像も出来なかったよ。

「……？　どうしましたの、先生？」

『いんや、素直な生徒を持てて嬉しいなって思ってただけだ』

「は、はあ……」

今目の前にいるのは、あいつの子孫であってあいつじゃない。

同じ人間であってさえ、時間が経てば変わるんだ。三百年も経って、世代が変わって、何も変わらないなんてことはあり得ない。

分かってはいるんだけど……どうしても、あの頃の記憶を重ねてしまう。

『それじゃあ、レトナの現状も把握出来たことだし、ここからはティアナも一緒にやるぞ。まずは魂の知覚からだ』

「はぁーい！」

「よろしくお願いしますわ」

元気いっぱいなティアナと、礼儀正しいレトナ。対照的な二人だけど、どちらも真面目に俺の指示した修行に励む。

そんな二人を眺めながら、俺が思うのは一週間後に予定されている魔王薬の押収について。シーリャが調べ上げたここ最近のガルフォードの動向から、概ねその所在も掴んでいるらしいし、俺も同行することになってる。こうなったらもう見つかったも同然だし、処理の仕方についても決めてある。

ここまで来れば、問題なんてよっぽど起こらないはずだけど……レトナと対面した時、最後まで崩せなかったというガルフォードの余裕の表情がどうにも気になる。

「ラル君、どうしたの？」

『大丈夫、なんでもないよ』

気にはなるが、俺はその不安を飲み込んでいつも通りの調子でティアナに答えた。

……解析結果から考えて、魔王薬の力で一度に操れる魔物の数は精々百体が上限だ。それくらいなら、アッシュとエメルダ達だけでどうにかなる。もし破れかぶれになって攻撃されても問題ないし、それはガルフォードも分かってるはず。

だから大丈夫。大丈夫な、はずだ。

内心に蟠《わだかま》る不安を振り払うように、自分にそう言い聞かせながら——俺は二人の指導を続けるのだった。

「ガルフォード様、一体何をするつもりなのですか……⁉」

ランドール家から帰る途中、ベリアルの手でメアリを拉致させたガルフォードは、適当な廃屋を見繕うと、その中央にメアリを放り投げた。

全身を拘束され、猿轡《さるぐつわ》のせいで悲鳴一つ上げることも出来ない幼い少女が床を転がり、ガタガタと震えながら涙を流す。その痛々しい姿に、ベリアルは思わず目を逸らした。

「何をというと、この少女を素材に魔法薬を作ります。最近は少々使いすぎて魔力増強薬《マナ・ブースター》の残りが心許なくなっていましたからね、ちょうどいい」

「なっ、魔力増強薬……⁉　それは、王家にも使用を禁じられた禁忌の薬では⁉」

魔力増強薬は、ドランバルト家が開発した画期的な魔法薬だ。それを飲むだけで、一時的に魔力量を数倍に高めることが出来る。

しかし、薬の製作には生きた人間を素材にする必要があるという非道さから、ドランバルト、王家両者の名の下にその研究さえも禁じられている。それを、目の前の男が知らぬはずがない。

「ええ、それが何か？」

まるでちょっとした傷薬を作るかのような気軽さで放たれた言葉に、ベリアルは絶句する。

しかし彼からすれば、ベリアルがショックを受けていることの方が理解出来ないらしい。はて疑問の表情を浮かべている。

「私からすれば、これほど素晴らしい薬を禁忌に指定する先代や王家の考えこそ理解に苦しみますね。人を素材にするのが非道？　たかが平民を少しばかり殺したからと、何を気にすることがあるのです？　むしろ、平民ごときの命が貴族の……私の役に立つのですから、感謝して欲しいくらいですよ」

「んんっ!!」

無造作に踏みつけられたメアリの口から、くぐもった苦悶の声が上がる。

苦痛に歪む少女の顔に、ガルフォードは尚も足を振り下ろした。

「そもそも私は、以前から王家というものが気に入らなかったのですよ。私より上に立ち、私より多くのものを踏みつけにして生きる者達……ああ、実に羨ましい」

「むぐっ、むぅ……！」

何度も踏みつけられたメアリの体から血が流れ、床を汚す。

みるみる傷付き、少しでも痛みから逃れようと身を縮こまらせる少女の姿に、ガルフォードの瞳が悦楽の色に輝いた。

「そう、それですよ!!　子供が泣き喚く声はうるさくて敵いませんが、その表情はたまりませんね。圧倒的な強者に踏みにじられ、屈辱と絶望に呑まれながらも何一つ抵抗出来ない弱者の顔!!　自らを虐げる者に媚びへつらうことしか出来ない無能の証!!　これだから止められませんね」

ククク、と嗤うガルフォードを見て、ベリアルは彼に纏わる噂を思い出す。

力のために禁忌に手を出し、怪しい実験を繰り返しているという噂。その実験素材として、罪なき領民が幾度となく連れ去られているという噂。

そして……それを見咎め、追放しようとしたドランバルト家当主を罠に嵌め、意識不明の重体に追い込んだという噂。

全てが事実だったのだと、ベリアルはようやく悟ったのだ。同時に、目の前の男が持つ危険性も。

「おっといけない、こうして人をいたぶるのは久し振りで、少々興奮し過ぎました。時間ももったいないですし、私は製薬の準備に入らなければ。……ああ、そうだ、せっかくだから貴方もやりますか、ベリアル？」

「な、何を……？」

「決まっているでしょう、この少女をなぶり殺すんですよ」

ドクン、とベリアルの心臓が大きく跳ねた。

そんな彼の様子に気付くことなく、ガルフォードは続ける。

「どのようにしても構いませんよ。準備が整う前に殺されると鮮度が落ちてしまうので避けて貰いたいですが、まあ……魔力増強薬はまだ二本あります。元よりただの保険ですし、多少失敗しても構わないでしょう」

「保険……保険のために、この子を殺すのですか」

「ええ、そうですよ？　それとも……出来ないのですか？」

ガルフォードの鋭い眼差しが、ベリアルを射抜く。

その威圧感に震え出す手足を自覚し唇を噛み締める青年へと、ガルフォードは歩み寄る。

「今更いい子ぶってどうするのです、貴方も私と同類でしょう？　家の借金を返すため、私にへりくだり、魔物災害を起こして自領の民を傷付けたのですから」

「そ、それは……」

あくまで、ランドール家に付け入る隙を作るための策だった。

既に放棄が決まっていた村を中心に、出来るだけ被害を抑えながら規模を大きく見せかけられるように工夫した。

だが……そんなものは言い訳に過ぎない。事実、それで住む家を追われた民もいるのだから。

「貴方はもう私と共犯ですよ。大人しく従ってください」

ガルフォードの言葉に押され、ベリアルがメアリの前へと歩いていく。いやいやと首を振り、恐怖のあまり泣き出す少女へと、ベリアルはゆっくりと手を伸ばした。

「べ、ベリアル……」

そんな彼の様子を、ずっと廃屋の隅にいたカンザスが心配そうに見つめている。

いつになく情けない表情を浮かべる父に、ベリアルは一瞬だけ目を向けると……、

「……すみません、父上」

そう言って、メアリを縛める縄を焼き切った。

突然の事態に呆然とする幼い少女を助け起こしながら、ベリアルは大声で叫ぶ。

「走れ、この町の連中なら、気付けば誰かしら保護してくれるはずだ。《火炎槍《フレアランス》》!!」

ベリアルの掌から放たれた炎が、廃屋の壁をぶち破る。

木造の家が焼け焦げる臭いと煙が充満する中へ、ベリアルはメアリを押し出した。

「行け!!」

「っ!!」

弾かれるように駆け出すメアリを庇うように、ベリアルがガルフォードの前に立ちはだかる。

そんな彼を、ガルフォードはどこまでも冷ややかな目で見下ろしていた。

「何の真似です?」

「俺は確かに、あんたと同じクズかもしれない。でも、だからって……そこまで手段を選ばないほど、落ちぶれたくはない」

ベリアルの脳裏に過るのは、ここ数日過ごしたランドールの町並み、そして冒険者ギルドで目にしたティアナの姿。

〝その貴き血に宿りし力と叡智を祖国に捧げ、民を守る盾となれ〟……そのフレーズ自体は、ベリアルも知っている。知った上で、ずっとくだらない綺麗事だと思っていた。いや、今でも思っていると言っていい。

それでも。ティアナと、彼女を慕っている民が見せた、笑顔の絶えないあの光景。それを、少しだけ羨ましいと……壊したくないと、ベリアルはそう思ってしまったのだ。

「だから俺は、もう貴方についていけない。これまで散々頼っておいて、いきなりこんな形で……すみません」

そう言って、ベリアルは頭を下げる。

そんな彼に、ガルフォードは残念そうに目を伏せた。

「おやおや、そうですか……では、仕方ありませんね」

バチン、と、閃光が走る。

何が起きたのか、ベリアルにもカンザスにも分からないまま、青年の腕から鮮血が噴き出した。

「ぐっ……あぁぁぁぁぁ⁉」

「貴方には、取り逃した少女の代わりに死んで貰いましょう」

バチン、バチンと閃光が瞬く度、ベリアルの体に風穴が空き、血が噴き出す。

悲鳴が木霊し、廃屋が真っ赤に染まっていく中、カンザスが大慌てでその場に平伏した。

「お、おおお待ちを、ガルフォード様‼　我が不肖の息子が貴方様に逆らったこと、深くお詫び申し上げます‼　私めからもよく言い聞かせますので、どうか命だけは……‼」

「ふむ……とはいえ、私に逆らって何のお咎めもなしでは筋が通りません。何らかの処罰は必要でしょう」

「そ、それならば私が代わりに引き受けましょう‼　どんな汚れ仕事も達成してみせますので、どうか……‼」

伏して謝罪するカンザスを見て、ガルフォードはニタリと嗤う。

全て予定通りだと言わんばかりのその表情は、頭を下げたままのカンザスに見ることは叶わない。

「いいでしょう、ここまで共に歩んできた仲です、一度だけ目を瞑ります。ただし」

一転して柔和な笑みを浮かべながら、顔を上げさせる。

ボロボロになって転がるベリアルには目もくれず、悪魔のような取引を持ちかけるために。

「貴方には、その分だけ働いて貰いますよ。カンザス」

22

廃屋でベリアルの簡単な手当てを済ませたカンザスはその翌日、ガルフォードに連れられて魔狼の森へと足を踏み入れていた。

昼下がりの明るい日差しも無数の枝葉に遮られ、一種独特な不気味さを漂わせる薄暗い空間の中。正体がバレないようにと大きな外套を羽織ったカンザスは、目深に被ったフードの下、大きく肩を上下させながら息を荒らげている。

「はあ、はあ……ガルフォード様、一体、どこへ向かわれているのですか？　もう、随分と森の奥まで来ましたが……」

休憩もロクに取れない強行軍によって疲弊しきったカンザスはそう尋ねるが、同じ格好で先を進むガルフォードは取り合うことなく、しっかりとした足取りで森の奥へと突き進む。

本来なら、これほど奥地に入り込めば無数の魔物に襲われてしまう……いや、実際に襲われているのだが、彼にとっては何の障害にもなっていなかった。

「ギャアア‼」

「ひいっ⁉　ま、魔物⁉」

奇声を上げながら、一体の魔物がカンザスに飛び掛かってきた。

疲れもあってロクに反応も出来ず、ただ叫ぶことしか出来ないカンザスには、もはや哀れな獲物と成り果てる以外道はないかに思われたが――

「全く、先ほどから羽虫が煩わしいですね」

ガルフォードの手から無造作に放たれた魔力弾によって、声を上げる間もなくいとも容易く絶命する。

胸部を吹き飛ばされ、血飛沫を上げながらドサリと目の前に崩れ落ちた死体を見て、カンザスはまたも情けなく「ひぃ⁉」と声を上げた。

「ガ、ガルフォード様、何でもするとは言いましたが、このような場所で本当に私の役目があるのですか？　足手纏いにしかならないかと思いますが……」

「問題ありませんよ、貴方にやって欲しいのは戦闘じゃありませんから。その時が来るまでは私が守って差し上げますので、ご安心を」

「は、はひぃ」

フラフラと覚束ない足取りで、カンザスは置いていかれないよう必死に後をついていく。

そうして、森の中を進み続けることしばし。少しだけ開けた場所で、ガルフォードはようやく足を止めた。

「ククッ、ようやく来ましたか……待ちくたびれましたよ」

「は……？」

待ちくたびれたとは、一体どういうことか。

そんなカンザスの疑問に答えるように、怒りに震える膨大な魔力が、森の奥から彼らの目の前に突如として舞い降りた。

「貴様ぁ……性懲りもなくまた現れたな、我が森を荒らした人間め!!」

「ひぃぃっ!?」

純白の毛皮を纏う巨大な魔狼を前に、カンザスは腰を抜かす。

圧倒的な暴力の化身、Sランクの魔物――フェンリル。

並の人間であれば、その敵意を向けられた瞬間に死を覚悟する脅威を前に、ガルフォードはむしろ表情に喜色すら浮かべてみせた。

「ははは、そんなに私に会いたかったのですか？　いやはや照れますね。しかし、私は野蛮なランドールの娘と違って、獣畜生を愛玩目的で飼う趣味は持ち合わせていませんので、そんなに激しく求められても応えられないのです、申し訳ありません」

「貴様……!!　我を、そして我がトモダチを愚弄するか!!」

怒り狂ったフェンリル――アッシュは、何の遠慮も躊躇《ちゅうちょ》もなくガルフォードへ襲い掛かる。

人間程度、容易くただの肉塊へと変貌させてしまうであろうその一撃を前に、ガルフォードは素早く懐から薬を取り出す。

真紅の液体を一息に呷《あお》ると同時、彼の肉体を膨大な魔力が駆け巡り、持ち上げられた指先にバチリと火花が瞬いた。

「《雷閃《ライトニングピアス》》」

「グアァ!?」

収束された雷の槍が放たれ、アッシュの体を撃ち貫く。

血飛沫を上げながら地面を転がるフェンリルの姿に、カンザスはへたりと座り込んだまま目を剥いた。

「なんという、凄まじい威力……まさか、フェンリルすらも打ち倒すとは……これがガルフォード様の雷魔法……そして、魔力増強薬の力か……」

雷魔法は、数ある魔法属性の中でも、特に強力とされる物の一つだ。

単純な威力では最強とされる炎魔法に次ぎ、何よりもその攻撃速度が他を圧倒している。

魔法の発動に、気付いた時には既に手遅れ。文字通り光速で迫り来るその攻撃は、回避不能にして一撃必殺。その適性を持つだけで、魔導士団入りは約束されたも同然とすら言われている。しかも今は、ただでさえ強力なその魔法が、薬の力で更に強化されているのだ。

Sランクの魔物すら歯牙にもかけぬその力に、ただただ恐れ慄くカンザス。しかしそんな彼とは裏腹に、アッシュは尚も立ち上がった。

「まだだ、まだ我は倒れぬ……我が主に託されたこの森、二度と貴様などに荒らさせはせん!!」

アッシュの口内に魔力が渦巻き、極寒のブレスが解き放たれる。

たとえ直接当たらずとも、その余波だけであらゆる生命活動を永久に停止させる死の凍気。

だが、それでもガルフォードは余裕の表情を崩さない。

「《雷天霹靂《サンダーフォール》》」

天より降り注ぐ落雷が壁となり、アッシュのブレスを阻む盾と化す。

周囲一体を凍結させる冷気と、赤熱する雷の熱気がぶつかり合い、ブレスはガルフォード達に対して何の効力ももたらすことなく打ち消されてしまう。

「なっ……バカな⁉」

「ククク、以前会った時、この攻撃で撃退出来たからと私を甘く見ていましたか？　あの時はただ、まだ時期じゃないからと見逃してあげただけのこと。私が本気になればねえ……」

ガルフォードが構えた指先から、四発の雷閃が放たれる。

それは狙い違わずアッシュの四肢をそれぞれ貫き、無情にも抵抗する力を奪い去っていった。

「フェンリル如き、物の数ではないんですよ」

ドウッ、と倒れ伏すアッシュと、無傷のまま佇むガルフォード。

圧倒的な力の差に、味方であるはずのカンザスすらも恐怖を抱いた。

（恐ろしい……やはり、この御方にだけは逆らうべきではない。少なくとも、この御方についていけば負けはないのだ、ルーベルト家のためにも、ベリアルのためにも……ここで何とか役に立たなければ……！）

ボロボロの状態で一人置き去りにせざるを得なかった息子の姿を思い浮かべ、怯えながらもどうにか立ち上がる。

魔法使いがあの程度で死ぬはずがない、とは言われたが、ここで何か失態を犯せばそれすらも……自分の身の安全すらも危ぶまれるだろう。それだけは避けなければ。

「グ、ウゥ……この……人間、めが……!!」

「ふふふ、まだちゃんと生きているようですね。ええ、そうでなければ困ります」

トドメを刺すつもりかと、そう考えていたカンザスの前でしかし、ガルフォードは懐から数本の瓶を取り出した。

ドランバルト家の家紋が彫られたそれを満たすのは、魔王の力の結晶。先ほど使用した魔力増強薬とは一線を画する不気味な魔力を纏った漆黒の液体──魔王薬だ。

「この薬を撒けば、またあの時のように魔物が湧き出すでしょう。それもこの本数ですから、百や二百では利きません。さーて……守護獣である貴方は、それを防ぐためにどうするんでしょうねえ？」

「……ッ!!」

わざわざ見せびらかすように瓶を振るい、挑発する。

アッシュはそれを防がんともがくのだが、四肢の自由が利かない現状にあってはどうすることも出来ない。

「ほら、いきますよ」

無造作に投げ捨てられる、魔王薬の瓶。

なぜすぐに撒かず、危険を冒し挑発してまで目の前でやるのか。その答えを、アッシュはすぐに察した。察しながら、それでも。

ガルフォードの挑発に乗る以外、取れる選択肢が浮かばなかった。

「グオォォォォ!!」

巨大な口を開け、降ってくる瓶を全て呑み込む。

ゴクンと、体内に取り込んだそれはすぐに砕け、中の液体がアッシュの体を駆け巡っていく。

「グオ、オォ……!?」

ドクンッ、と、体内で魔力が脈動する。

自らの物ではない、明らかな異物が弱り果てた体に次々と根を張り、その制御を奪い取っていく。

「グゥ……申し訳、ありません……ラルフ、様……ティアナ……」

純白だった毛皮が漆黒に染まり、痛々しく血を流していた体が再生する。

不気味な魔力を纏い、一回り大きくなった巨躯が持ち上げられるのに合わせ、コップから溢れた水のようにびちゃびちゃとこぼれ落ちた黒い塊が大地に根付き、次々と新たな魔物を産み出していく。

無限にすら思える魔物の軍勢の中心で、アッシュだった〝ナニカ〟は空に向かって咆哮を上げた。

「ふはっ、ははは……！　これは壮観ですなガルフォード様、まさかフェンリルを配下に加えた上に、これほどの規模の魔物災害を意図的に引き起こすとは!!　これだけの力を制御下に収めたと知れば、それだけでガルフォード様の前に跪《ひざまず》く貴族は数多存在することでしょう!!」

「ククク、そうかもしれませんが、こうも不気味な力では真に忠節を誓う家臣は手に入れられませんよ。それに……これは、私の制御下にありませんから」

「は……？　ガルフォード様、今なんと？」

「この魔物の群れは私の制御下にないと、そう言いました」

まるで今日の天気を答えるような気軽さで告げるガルフォードに、カンザスは開いた口が塞がらない。

制御下にないと言うのなら、この発生した魔物を一体どうするつもりなのか。いやそもそも、自分達はこれからどうなるのか。

「本当なら、もう少ししっかりと薬の効果について情報を集め、その効果を可能な限り高めた状態で、万を超える魔物を制御下に置くつもりだったのですが……事ここに至っては、あまり贅沢も言っていられません」

ガルフォードはにこりと笑い、カンザスに語りかける。

「ですから、ここからは貴方の役目ですよ、カンザス。この魔物の群れを、貴方自身がエサとなって上手くランドール領に誘導してください」

「な、何を仰るのです⁉　そんなこと、出来るわけが……‼」

「やれ、と言っている」

底冷えのする冷徹な声で、ぴしゃりと告げるガルフォード。

何も言い返せないまま、震える体でカンザスが振り返れば、新たに誕生した魔物達は既に、その本能のままにすぐそこにいる獲物――カンザスとガルフォードに目を向け、戦闘態勢に入っていた。

「それでは、私は時が来るまでお暇《いとま》しますが……もし運良く生き残れたなら、また会いましょうか。この災害を起こした主犯と、それを鎮圧した英雄として、ね？」

ポン、とカンザスの肩を叩き、踵《きびす》を返すガルフォード。

そんな彼に、カンザスは縋り付くように手を伸ばした。

「ガ、ガルフォード様‼　そんな、お待ちを……‼」

バチン、と僅かな雷光を残し、ガルフォードの姿がかき消える。

虚しく何もない宙を掻くに終わった手の先を見据え、カンザスは叫んだ。

「ガルフォード様ぁぁぁぁぁ‼」

そんな彼の叫びに構うことなく、標的を一つ見失った魔物達は一斉に飛び掛かる。

死の気配を背に受けたカンザスは、疲れた体に鞭打って、死に物狂いで走り出した。

魔物の軍勢を引き連れ、ランドールの町に向かって、真っ直ぐに。

㉓

「行きますわよ、《火炎散弾《フレアショット》》!!」

ランドール家の訓練場にて、新調したばかりの杖を構えたレトナが炎魔法をぶっ放す。

丸太ではなく、俺が魔法で作り上げた岩の的に直撃した炎の塊は、見事にそれを粉砕してみせた。

『おお、いいじゃないかレトナ。少しコツを掴んだだけで、随分上達したな』

「ふふん、私もファミール家の娘ですから、これくらい造作もないことですわ！」

思い切り胸を張りながら、レトナはこれでもかとドヤ顔を決める。

まだ魂の力を意識的に使えるようになったというだけで、駆け出しも駆け出しって感じだが……まあ、たった一日訓練しただけでここまで出来るようになったのは十分過ぎるほど成長が早いし、今くらいは調子に乗ってもいいだろう。

「しかし、私はともかく……ティアナはあれでいいんですの？」

『んー？』

レトナが視線で示した先には、同じように岩の的を前にしたティアナの姿が。

ただし、レトナが少し距離を置いて杖を構えていたのに対して、ティアナは的の目の前で拳を構えているという違いはあるが。

「えいっ、やぁーーーー!!」

胸の辺りから発露した魔力が足に流れ、踏み込みと同時に跳ね返る。

腰、肩、腕と、流れるように巡る魔力が最後は拳へと到達し、衝撃となって炸裂。的を粉微塵に〝殴り〟壊した。

「……よしっ、やったぁ！　ラル君見てた？　私も的を壊せたよー！」

「凄い……んですけど、貴女それでいいんですの……？」

砕け散る岩の破片を見ながら、レトナは何とも微妙な表情を浮かべる。

ティアナも色々と試してはみたんだが、困ったことにこの子は全く魔力に属性を付与することが出来なかった。

どれだけ才能に乏しい子でも、普通は何かしら得意な属性があるもんなんだけど……これは正直、俺も初めて見たパターンだ。

そこで仕方なく、最初に覚えさせた身体強化を軸に、徒手格闘戦の基礎を教えてみたんだが、これがまた見事にハマった。

引き上げられた身体能力に振り回されず、しっかりと体を動かせる運動神経。それに、体の動きと魔力の動きを連動させるセンス。

そうした素質に支えられ、ティアナも間違いなく強くなったんだけど……ぶっちゃけ、単純な威力なら遠距離から放つ属性魔法の方が強いし、ただ移動するだけならさほど素質もいらないしで、あんまり評価されない技術なんだよな、これ。魔力もやたら喰うから燃費悪いし。

まあ、ティアナの魔力量なら、燃費は全く気にする必要ないんだけど。その辺りも向いているポイントだ。

「良くはないよ、私もいつかはラル君やレトナみたいに、すっごい魔法バンバン使えるようになりたい！　でも、それはそれとして、成長出来たら嬉しいでしょ？」

「まあ、それは分かりますけれども」

どこまでも前向きなティアナの答えに、レトナは苦笑を返す。

まあ、今のティアナは魔法使いというよりは格闘家だしな。貴族令嬢らしさなんて欠片もないし、その辺り心配してくれてるんだろう。

『心配すんなレトナ、ティアナの言う通り、大事なのは成長し続けること、少しずつでも前に進み続けることだ。そういう意味じゃ、二人とも十分やれてるよ』

俺がそう言って褒めると、二人とも嬉しそうに頬を緩める。

子供は褒めて伸ばすのが一番だからな、ニーミの時もそうだったし、間違いない。

『とはいえ、そろそろ次のステップに進むべきだな。さて、どうするか……』

自分が強くなるために修行するのもいいが、こうやって人に教えるのも悪くない。

そんな風に思いながら次の訓練内容を考えていると、ふと屋敷の正門の方が騒がしくなっていることに気が付いた。

「あれ……どうしたんだろう？」

『ちょっと気になるな、様子見に行くか』

ティアナやレトナと共に正門に向かうと、そこにはちょっとした人集りが出来ていた。

その中心にいるのは、以前会ったドランバルト領出身の冒険者と、彼から話を聞く門番。そして……、

「メアリちゃん⁉　その怪我どうしたの⁉」

体のあちこちに包帯を巻いた状態で父親に抱かれる、幼い女の子だった。

手当てはされているようだが、その姿は見ていられないほどに痛々しい。何があったんだ？

「ティアナ様……私、貴族に捕まって……いっぱい、痛かったよ……！」

「えっ……⁉」

涙ながらに、メアリが事情を語り出す。

彼女の話は途切れ途切れであまり要領を得なかったが、状況などからガルフォードに拉致されたと見て間違いなさそうだ。

あの野郎、いくら自分とこの領民だったからって、他領でそこまで好き勝手するか⁉

「ガルフォード……そこまで堕ちましたか……！　っと、大丈夫ですわ、治療しますので、じっとしていてくださいまし」

レトナが怒りを滲ませながら、ボロボロのメアリに手を翳す。

ヒール、と唱えると同時に放たれた光属性の治癒魔法が、メアリの怪我を癒やしていく。

ありがとうございます、と冒険者の父親がお礼を言う傍で、メアリは尚も必死に事情説明を

続けていた。

「それでね、貴族のお兄さんが私を逃がしてくれたの……」

「貴族のお兄さん……？」

それは誰かと、ティアナが尋ねようとした瞬間。不意に、背筋がざわつくような違和感を覚えた。

肌がヒリつくような嫌な魔力に俺が顔を上げると、それに時を合わせて町の中を甲高い鐘の音が響き渡る。

それを皮切りに、町の各所から次々と乱暴に鳴り響くその鐘は、否応なく人々の危機感を煽る焦燥に満ちていた。

「この音……魔物災害の避難警報⁉　もしかして……！」

『ああ。今一瞬、森の方から魔力を感じた。多分、魔王薬だ。もしかしたらと思ってたけど、本当に使いやがったな』

「なっ……！　この状況で動くなんて、むざむざこちらに現行犯の証拠を渡すだけでしょうに、あの人は何を考えて……！」

『さあな。どちらにせよ、のんびりしてる暇は無さそうだ』

それまで話の流れを静観していた門番や使用人達が、慌ただしく動き出す。

どうやらこの屋敷は、緊急時には民の避難場所の一つとして開放することになっているらしく、クルトへの報告と合わせて鐘を鳴らしに行ったんだそうだ。

アッシュやエメルダ達も動いてるだろうし、早く行って手伝ってやらないと。

「ごめんなさい、私は行きます。メアリちゃん、お父さんも、屋敷の中に避難していてください」

「だが、俺は……」

「今はメアリちゃんの傍にいてあげてください。その分まで、私が戦いますから」

そう思っていたら、ティアナがハッキリと自分も参戦すると口にした。

それを聞いて、メアリの父親はしばし瞠目し……悩んだ末に頷き返す。

「……分かりました、ご武運を」

「はい」

「ティアナ様、待って！」

走り出そうとしたティアナの手を、メアリの小さな手が掴み取る。

今この町に迫っている危機を漠然と感じ不安に揺れながら、それでもと涙ながらに小さな願いを絞り出した。

「私を助けてくれたお兄さん、私の代わりに傷付けられて……今どうなってるかも分からなくて……だからお願い、助けてあげて！」

「うん。その人も、町のみんなも、メアリちゃんも、みんな助けるよ。約束する」

メアリと指切りを交わし、安心させるようににこりと微笑む。

最後に頭を優しく撫でたティアナは、そのまま俺を抱き直して町に向かって走り出した。

『ティアナ、クルトには言わなくていいのか？』

「お父様に聞いたら、止められるに決まってるよ。でも、みんなが危ない時に、じっとしてるなんて出来ない。私も戦う」

決意の籠もった瞳に、俺は溜息を溢す。

……これは、俺が止めても聞かなそうだな。

『分かった、無茶だけはするなよ』

「うん！」

「お二人とも、私を置いていかないでくださいまし‼」

走りながら交わされる俺達の会話に、レトナが割り込んで来た。

いつの間に現れたのか、メイドのシーリャに抱かれ並走する姿は中々にシュールだ。

というか、身体強化を使ってる気配すらないのに、ティアナと並走出来てるこのメイドは一体……いや、今はそんな疑問どうでもいい。

『レトナ、まさかお前も来る気か？　こう言ったらなんだが、ランドール領のためにお前が体を張る義理なんてないだろうに』

「私はファミール家の娘である前に、この王国の貴族ですわ。たとえ他領であろうと、民が苦しんでいれば立ち上がるのは貴族の義務ですの。先生の指導で高めた魔法の力、今こそ披露して差し上げますわ‼」

「お嬢様、威勢良く叫ぶのは良いですが、もう少し体の震えを抑えていただけませんと走りづらいです」

「人が格好つけようとしている時に余計なことを言わないでくださいまし!!」

むっきー!! と緊張感の欠片もなく叫ぶレトナの姿に、思わず頬が緩む。

レトナとシーリャの漫才(?)のお陰でティアナの緊張も解れたみたいだし、後は魔物災害を鎮圧するだけ。

そう思って町の中心までやって来た俺達は、そこに広がっていた光景に息を呑んだ。

「っ……!?」

『これは……!』

逃げ惑う人々の悲鳴と怒号、空へと噴き上がる炎の黒煙。

家屋は無惨にも破壊され、荒れ狂う魔物達の咆哮がここまで聞こえて来る。

くそっ……もうこんなところまで来てたのか。いくらなんでも早すぎる!!

「ギヒャア!!」

そんな地獄絵図の中で、魔物の狂笑が響き渡る。

すぐにそちらへ目を向ければ、逃げ遅れた男二人にゴブリンが襲いかかっているところだった。

どうやら負傷した若い男をもう一人が支えてやっているらしく、逃げる彼らの足は遅い。あのままじゃすぐに追い付かれる!

「させない……!!」

その瞬間、ティアナは地面を割り砕く勢いで走り出した。

あっという間に距離を詰め、両者の間に飛び込んだティアナの蹴りが空中で炸裂。掲げられた棍棒ごとゴブリンの体をへし折り、吹き飛ばす。

壁にめり込み、そのままゴブリンが動かなくなったのを確認すると、すぐに男達の方へと振り返った。

「大丈夫ですか⁉　……って、その人は……」

そんなティアナの目に留まったのは、負傷していた若い男。

見るも無残なほどにボロボロになったそいつは、ルーベルト家の長男、ベリアル・ルーベルトだったのだ。しかも体につけられた傷をよく見れば、それは魔物ではなく、人の魔法によるものだとすぐに分かった。

まさか、メアリを助けた貴族の兄ちゃんってこいつだったのか!!

「ティアナ様、助かりました!!」

「くぅ……ティアナ・ランドール……やはり来たのか……」

「当然です！　でも、一体何が……」

詳しい事情を尋ねようとしたティアナだったが、その声はまた別の場所から上がった誰かの悲鳴によって中断された。

しかも、上がった悲鳴は一つではなく、町の至る所から次々と聞こえて来る。

話を聞く前に、まずはこの状況をどうにかしないとな。

『ティアナ、ひとまず町に入り込んだ魔物は俺が一掃する。俺を空にぶん投げろ!!』

「っ、分かった!!」

ティアナの手に掴まれ、上空に向けて放られる。

くるくると回る視界の中、俺は索敵魔法を発動。町中の魔物と人間の位置を割り出した。

……よし、結構な数が入り込んでるのは確かだが、大部分はギルド周辺で冒険者連中が防ぎ止めてるみたいだな。普段から避難訓練でもやってんのか、思ったよりは逃げ遅れた人も少ない。

これなら……!

『《魔力貫通針《マナランス》》』

魔力を押し固め、鋭い針の形状に落とし込む。

サイズは小さく、殺傷力は極限まで引き上げた魔力の針を、空を埋め尽くさんばかりに増殖させていく。

『《弾雨掃射《フルバースト》》!!』

解き放たれた魔力針が、俺の探知した魔物に向かって降り注ぐ。

建物の隙間を縫い、人を避けて正確無比に急所を貫いた閃光が、瞬く間に魔物の群れを掃討していった。

「なんだ、今の光は!?」

「見ろ、空の上にぬいぐるみが！　あいつがやってくれたのか⁉」

「あれ、もしかしてティアナ様の使い魔なの……？」

「奇跡じゃ……聖人と認められ、神の使徒となったラルフ様が、我らのために奇跡を起こしてくださったのじゃ……！」

突然の事態に、三者三様な反応が散見される。

別にそれはいいんだが、そこの爺さん、その言説は違うからやめろ。俺は聖人でも使徒でもねえ。

内心でそんな突っ込みを入れながら、俺はティアナのもとへ降下。肩に掴まって人心地がつく。

うん、やっぱりティアナの側でちゃんと魔力供給されると落ち着くな。

「ラル君、ありがとう！　これでみんなも……」

『ああ、全員避難する時間くらいは稼げたはずだ』

ただ……と、俺は最後に出かかった言葉を飲み込んだ。

今、エメルダ達が森の入り口付近で対峙している魔物の中に、一際強い魔力反応があった。

随分と不気味な、けれど覚えのあるあの感じ……いや、まさかな。

「はは……あの状況を一瞬でひっくり返すか。本当に規格外だな。俺とは大違いだ……」

「ベリアル様……」

「笑えよ。あれだけ偉ぶっていた癖に、いざとなればゴブリン一匹すら仕留められずにこのザマだ。お前の言っていた通り、俺は弱かった……情けない」

俺が少し考え込んでいると、ベリアルが自嘲するようにティアナに向かって吐き捨てた。

後悔と無力感に包まれた視線で見つめられ、ティアナは何と返すべきか迷うように言葉を詰まらせる。

こいつ、まだ俺がティアナの人形魔法で動くゴーレムだと思ってるみたいだな……なら。

『誰が笑うかよ。聞いたぞ、お前はガルフォードの暴挙から、見知らぬ女の子を庇ったんだろ？　そんなに自分を卑下すんな。今のお前は、十分強いよ』

ティアナの代わりに、俺が思ったことをそのまま口にした。

俺の言葉と、既に事情を知っていたらしい男にも同意するように頷かれ、ベリアルは少しだけ目を見開き……ふいと顔を逸らした。

「……ふん、お前に言われても嬉しくない」

素直じゃない反応に、俺は思わず生暖かい視線を送る。

野郎がそんな顔したって可愛くねえぞ。まだまだガキだな、全く。

「ティアナ！　あなた足が速すぎですわ……って、ベリアル・ルーベルト!?　なぜここに!!」

そこへ、ちょうどシーリャに抱えられたレトナが到着した。

ベリアルの姿に驚きながらも、俺達の空気感から敵ではないと察したのか、地面に降り立つなり治癒魔法をかけ始めた。

「……助かります」

「この程度のことでお礼など不要ですわ。それよりティアナ、先生も、まだ魔物災害は終わっていないのでしょう？　ここは私とシーリャが請け負いますから、あなた方は森に急いでくださいまし」

「レトナ、任せていいの？」

「誰に向かって言ってるんですの？　私は見ての通り治癒魔法が使えますすし、シーリャがいれば並の魔物は相手になりません。逆に、先生の魔法とティアナの馬鹿力は、戦闘でこそ輝くものでしょう？　手分けした方が多くの民を救えますすわ」

言い方こそキツいが、その言葉は間違いなく正論だ。

まだ状況がよく分かってないが、魔物はまだまだ森の方から雪崩れ込んで来ているようだし、早く冒険者達の援護に行かなきゃならない。

ティアナもそれは分かっているようで、こくりと頷いて踵を返そうとするが……その前に、ベリアルに止められた。

「待て、ティアナ嬢。お前は、ガルフォードの目的をどこまで知っているんだ？」

「目的？」

『ほぼ知らないな。後継者争いが関係ありそうだとは思ってるが』

「後継者争い……ああ、そうだな。俺もそう思っていた」

含みのある言い方に、俺は眉を顰める。

後継者争いと関係ないなら、何が狙いだっていうんだ？

「魔王薬を使って産み出した魔物に町を襲撃させ、それを撃滅することで一種の英雄となるマッチポンプ……それでドランバルト家内での立場を確固たるものにするのがあいつの狙いだと、そう思って俺は協力してきた。だけど、そうじゃない、あいつはもっと、恐ろしいことを考えている」

『恐ろしいこと？』

「俺も、それが何なのかまでは分からない。だけどこの事件、お前が考えているほど簡単には片付かないと思った方がいい」

『……ああ、肝に銘じとくよ』

結局、最後まで答えが曖昧で何を伝えたいのかよく分からなかったが、ただ俺達を惑わすために適当なことをほざいているわけじゃなさそうだ。

ガルフォード・ドランバルト……魔王薬を盗み出し、他領を襲撃し、協力者を切り捨ててまで一体何を企んでるんだ？

「引き留めて悪かった。行ってくれ」

「うん、分かった。レトナ、みんなのことお願いね、気を付けて」

「問題ありません。むしろ、これから森に向かうあなたの方が危険なのですから、死んだら承知しませんわよ」

不器用な心配の言葉に押され、ティアナが走り出す。

話し込んで遅れた分を取り戻すように加速していく体が、途中に出くわした魔物を蹴り倒しながら町中を突き進み、あっという間に冒険者ギルドの傍まで辿り着く。

しかし、そこに広がっていた光景は、俺達の想像とはまるで異なっていた。

「えっ……」

血だらけになりながら、押し寄せる魔物と必死に戦う冒険者達。

少しでも町に向かう魔物を減らすためだろう、撃破よりも足止めに重きを置いた戦いは、終わりの見えない熾烈な消耗戦の様相を呈している。

そんな彼らを前足のひと払いで薙ぎ倒す、一体の強大な魔物がいた。

漆黒に染まった毛皮に、身体中から溢れては不気味な塊となって地面に滴る悍ましい魔力。

一歩大地を踏み締めるごとに新たな魔物を芽吹かせ従えるその様は、まるで魔王の写し身のよう。

見上げるような巨躯を誇るその化け物にはしかし、人の従魔であることを示す首輪があった。

「アッシュ……なの……？」

変わり果てた森の友人を前に、ティアナは呆然と呟くのだった。

24

「グオォォォ!!」

アッシュの足が地面を蹴り、その踏み込みだけで大地を揺らしながら突っ込んでくる。

狙う先は、ボロボロになった仲間を庇おうと捨て身の覚悟で前線を張る盾役の冒険者達。

冒険者の一人が、守りに長けた土属性の防壁を生成、アッシュの突進を受け止める。

『くっ……《土壁》《ガイアウォール》!!』

激突の衝撃で大気が震え、森がざわめく。

まるで、暴れるアッシュの姿を見て嘆き悲しむかのように。

「アッシュ!! どうしちゃったの? どうしてそんな姿に……！」

「グオォォォ!!」

ティアナが必死に呼び掛けるも、返答はなし。狂ったように暴れ回り、行く手を阻む防壁を打ち砕いた。

衝撃で吹き飛び、地面を転がる冒険者達を睥睨《へいげい》し、己を誇示するように咆哮するアッシュ。

その瞳には正気の色はなく、ただ深い闇色だけが渦巻いていた。

このままだとまずいな、ひとまず冒険者達の態勢を整える時間を稼がないと。

『《土壁》《ガイアウォール》!!』

さっき冒険者が使ったのと同じ土壁の魔法を、その数倍の規模で発動する。

そう長くは持たないだろうけど、これである程度耐えられるはずだ。

「ティアナ様、来ちまったのかい……まだ戦線がもってる内に、早く、逃げた方がいい」

「エメルダさん!? その怪我は……！」

「大したことはない、まだやれるよ……」

アッシュの変貌に戸惑うティアナへと声をかけたのは、ランドールの町では間違いなく最強格の冒険者、エメルダだった。

けれど、既に自力で立っていることすら難しいのか、ロッゾから肩を借りてフラフラと歩くその体は至るところから血を流し、思わず目を背けたくなるほどだ。

『エメルダ、一応聞くけど、何があったんだ？』

「ああ、それは……」

エメルダによると……俺に言われた通り、魔物災害の再発を前提としてここ最近はずっと警戒していたそうなんだが、そんな時突然森からボロボロのカンザスがやって来たらしい。

は？　カンザス？　なんでだ？

「私は悪くないだの、こんなことになるとは思わなかっただの、支離滅裂なことしか言わなくて困ってたら、そいつの後を追って大量の魔物が押し寄せて来てね……準備はしてあったから、最初はしっかり対応出来たと思うんだけど……アッシュの攻撃には耐えられなくて。あっさりやられてこの様さ、我ながら情けない」

「エメルダは悪くねえ、下手に数で挑んだら死人を増やすだけだからって、ずっと一人であのフェンリルを押さえてくれてたんだ。俺達が少しでも援護出来れば良かったんだが、雑魚魔物の群れを相手するだけでいっぱいいっぱいになっちまって……クソッ」

二人は悔しそうに自分の力不足を嘆くが、こいつらは何も悪くない。むしろ、事前想定より遥かに多く強力な魔物を相手に、誰も失わずにここまで耐え抜いた功績を讃えられるべきだろう。

悪いのは……あいつの、フェルマーの子孫だからって、ガルフォードが本当に一線を越えるような真似はしないはずだとどこか無根拠に信じて、十分な対策を取らなかった俺の方だ。

『二人とも、カンザスはどうしてる？』

「取り敢えず簀巻《すま》きにして、ギルドに放り込んであるよ」

『ならいい。あいつには全部終わった後、洗いざらい吐いて貰わなきゃならないからな。守る必要はないが、殺すなよ』

「分かってるさ」

そんな話をしている間にも、アッシュが暴れてるんだろう。俺の作った土壁に罅《ひび》が入り、今にも崩れ落ちそうになっている。

それを確認した俺は、最後に未だ沈黙を保つティアナへと声をかけた。

『ティアナ、どうする？　無理なら下がっててくれても……』

こうなった以上、アッシュと戦わない選択肢はない。

優しいこの子に、それはキツすぎるだろうと思ったんだけど、気丈にもティアナはハッキリと首を横に振った。

「友達が苦しんでる時に、私だけ見てることなんて出来ないよ。どうすればアッシュを助けられるのかも分からないけど……それでも、私は戦う！」

『……分かった、ならやるぞ。俺達でアッシュを止めて、この魔物災害を終わらせる！』

「グオォォォ!!」

俺がそう叫ぶと同時、ついに土壁を砕いたアッシュと共に、大量の魔物達が雪崩れ込んで来る。

いくら態勢を整えたと言っても、今のボロボロになった冒険者達じゃこの数は辛いだろう。

『《風槌《エアブロウ》》!!』

「ガウゥ⁉」

砕かれた土壁は一ヶ所だけ。その狭い隙間目掛けて、風の魔法を叩き付ける。

突風によって吹き飛ばされたアッシュの体が、魔物達を押し潰しながら森の奥へと吹き飛んでいく。

それを追って、ティアナは俺を抱えたまま走り出した。

「ティアナ様、ラル、二人だけで戦うつもりかい⁉」

『悪いなエメルダ、多少の討ち漏らしは出るかもしれないから、それは頼んだ！』

「返事になってないよ⁉」

騒ぐエメルダを放置して、俺は再び《土壁《ガイアウォール》》を発動、魔物達の侵入口を塞ぐ。

するとその隙を突くように、木々を撥ね飛ばしながらアッシュが飛び掛かってきた。

『ティアナ、回避!!』

「うんっ……!!」

地面を蹴り、横っ飛びに投げ出されたティアナの体を《念動《テレキネシス》》で補助し、綺麗に着地させる。

ティアナの両手を空けるため、俺自身は肩に掴まって体を固定しながら、まずはアッシュではなく周囲に群がる雑魚魔物へ向けて魔法を放つ。

『《氷結世界《アイスエイジ》》!!』

氷属性の範囲攻撃が、魔物達の体を凍結させ、粉々に打ち砕く。

これで、数的不利も少しはマシになるかと思ったんだが……はらはらと舞い散る氷華の中、アッシュは尚も新たな魔物を産み出していた。

これは、キリがないな。

『さーて、どうしたもんかね……』

見る限り、アッシュは完全に正気を失い、俺達を認識していない。ティアナの呼び掛けにも答えなかったし、何もせず元に戻るなんてのは期待するだけ無駄だろう。

魔物を次々と産み出す能力から考えるに、魔王薬を飲まされでもしたのかとは思うけど……この様子じゃ殴って吐かせるにも手遅れだろうし……。

「グオォォォ!!」

『っと、考察してる間もないか!!』

アッシュの魔力が一際高まり、凍結のブレスとなって解き放たれる。

これは回避なんて出来ないし、初めて対峙した時と同じように空間魔法で防ぎ止める、が……。

この魔法、魔力消費が中々多いからな。あまり連発し過ぎると、いくらティアナでも魔力が持たないかもしれない。

打つ手が見つからない内から消耗するわけにはいかないし、出来るだけ温存しないとな。

『ティアナ、俺も補助はするけど、基本は自力で回避してくれ。その分、俺はアッシュに効きそうな魔法を試してみるからよ』

「分かった、アッシュのこと、お願い。やあぁぁ!!」

身体強化を全開にしながら、ティアナが森の中を駆け回る。

地面を蹴り、立ち並ぶ木々すら足場に縦横無尽に走り抜け、アッシュが産み出した魔物を蹴り飛ばす。

「ギヒィ⁉」

「よし、もう一度……⁉」

「ガルルォ!!」

ティアナが攻撃のために足を止めた瞬間を狙い、迫り来るアッシュの牙。

上半身丸ごと噛み砕こうとするその一撃は、今のティアナじゃ躱せない。

『《大気爆破《エアブラスト》》!!』

「ギャオゥ⁉」

アッシュの鼻先で炸裂した大気の爆弾によって、その巨体が大きく跳ね返っていく。

危ういところでピンチを免れたティアナは、慌ててその場から飛び退きながら申し訳なさそうに叫んだ。

「ごめんラル君、失敗しちゃった……！」

『まだ攻撃と回避を両立させるのはティアナには早いから、回避と防御に集中しとけ。けどまあ、お陰で良い隙が作れたから、結果オーライだ』

「えっ？」

吹き飛んだアッシュが、体勢を整えながら地面に降り立つ。

その瞬間を狙い、俺は更に追撃を仕掛けた。

『そこだ、《汚泥沼《マッドプール》》!!』

「グオッ!?」

アッシュの踏み締めていた地面が唐突に泥沼と化し、その足を搦めとる。

突然の変化に対応出来ずにバランスを崩しながらも、どうにか脱出しようとアッシュは足掻く。

でも、そんなにあっさり逃げ出せると思うなよ！

『続けて、《大地拘束《ガイアロック》》!!』

アッシュの足を飲み込んだ泥沼が、再びただの地面へと一瞬で戻る。更に、周囲の地面が不自然に盛り上がり、土と岩で出来た腕となってその体を押さえ付けていく。

『そしてこいつが本命だ……！　《聖光魔砲《ホーリーブラスター》》!!』

対アンデッド用の光属性攻撃魔法。聖職者じゃない俺にとって、ほぼ唯一の〝浄化〟に関する効果を持った魔法だ。

生者に対しては効果が薄く、もしかしたらアッシュを魔王の魔力から無傷で解放出来るんじゃないかと思って使ったんだが……、

「グオォ……オォォォォ!!」

咆哮と共に光の砲撃がかき消され、先ほどまでと変わらず魔力を垂れ流すアッシュの姿がそこにあった。

地面に半ば埋め込まれながらの拘束を打ち破り、溢れ落ちた魔力から生まれた魔物と共に俺達へ襲い掛かって来る。

『ちっ……！　ティアナ、走れ！　《水冷散弾《アクアショット》》!!』

「分かった!!」

くるりと踵を返して走るティアナの背中から、水の弾丸を連射する。

虫型、獣型を中心に次々と襲い来る魔物を撃墜しながら、俺はひたすらこの状況を打開する案を考え続けた。

『くそっ、《聖光魔砲《ホーリーブラスター》》が全く効果なしとなると、打てる手段がほとんどねえ……どうするか……!!』

アッシュの体を蝕む魔力を取り除こうにも、魔王の魔力が特殊過ぎて下手な干渉も出来やしない。

ただ集めて動かすくらいなら問題ないけど、あまり強引なことをすればアッシュの体が持たないだろう。

『じっくりアッシュの体を魔法で解析すれば何か分かるかもしれないけど、こうも激しく撃ち合ってる中じゃどうにも……!!』

飛び掛かって来るアッシュの体を風魔法で吹き飛ばし、正面に回り込んで来た魔物の群れを炎魔法で焼き尽くす。

ティアナの回避をサポートするために《念動》《テレキネシス》までフル稼働していて、今の俺は常時三つ以上の魔法を並列展開している状態だ。とてもじゃないけど、アッシュの解析にまで頭を割く余裕がない。

悔しいが、このままだとティアナも危ないし、最悪アッシュを殺すしか――

「つまり……集中すれば、ラル君はアッシュがああなった原因を見付けられるってこと？」

『ああ、多分な。でも、向こうがとてもそれを許してくれそうにない』

「ううん、大丈夫。ラル君はアッシュに集中して」

『は？』

いきなり何を言い出すんだこの子は、とティアナを見ると、幼い少女は未だかつて見たこともないほど真剣な表情で、真っ直ぐに俺を見つめ返していた。

「アッシュを元に戻す方法が見付かるまで、ラル君のことは私が守る!!　だから、アッシュをお願い!!」

『はあ!?　何言ってんだティアナ、俺が押さえなかったら、アッシュや他の魔物にお前自身が殺されちまう!!』

俺がいなければ、ティアナはロクな魔法も使えないただの女の子でしかない。多少の身体強化は出来るけど、単純な実力で言えばまだまだエメルダにも及ばない。

それなのに、たった一人何の援護もなしにフェンリルを始めとした魔物の群れを相手に時間を稼ぐなんて無謀過ぎる!!

「それでも私はアッシュを……友達を助けたいの!!」

そんな俺の正論に、ティアナは真っ向から否を突き付けた。

あまりの剣幕に面食らって何も言えないでいる俺に向かって、ティアナは尚も言い募る。

「私はラル君の足を引っ張るためにここに来たんじゃない、一緒にアッシュを助けたくてここまで来たの!! だからお願い、私を信じて!! 絶対に、ラル君を守り抜いてみせる!!」

信じられる根拠などどこにもない。

経験も、力も、何もかも足りていない女の子が、ただその想いだけを原動力に吠えているだけだ。

だけど……、

『《防護膜《プロテクション》》』

そういう覚悟の決まった目は、嫌いじゃない。

「ラル君、今のは……?」

『ティアナの体に防御魔法をかけた。ひとまずそれで、直撃さえしなければ死にはしないはずだ。解析に集中してる間、それ以外の魔法を援護に飛ばすことは出来ないけど……頼んだぞ』

出来るのか？　とは、もう問わない。

ティアナが……一人の魔法使いが、その魂に誓ってやり抜くと決めたんだ。

なら俺に出来るのは、それを信じて最善を尽くすのみ。

「ありがとう、ラル君。よぉーし……やるぞー!!」

『《解析《アナライズ》》!!』

ティアナの魂が燃え上がり、より一層強い輝きとなって全身を巡る魔力を強くしていくのを見届けながら、俺はアッシュへと解析魔法をかける。

抵抗は……ない。解析完了まで、三十秒!!

「グオォォォ!!」

「っ……!!」

飛び掛かってきたアッシュの前足による攻撃を、ティアナは横っ飛びで回避する。

ただ振り下ろしただけのその一撃で地面が砕け、飛び散った礫《つぶて》が幼い体を打ち据える。

『ティアナ……!!』

「大丈夫!!」

俺のかけた防御魔法もあってか、浅く頬を切っただけで問題なく走り出すティアナ。

そんな少女を狙い、頭上から現れたのは蜂型の魔物、キラービー。以前は俺が難なく仕留めたそいつらも、ティアナ一人にとってみれば相当な脅威だ。

虫特有の不規則な軌道を描きながら、尻から生えた凶悪な針を突き立てんと次々迫ってくる。

「くうぅ!!」

体を地面に投げ出し、前転しながらの回避行動。

一匹、二匹とやり過ごし、三匹目の一撃がティアナの肩口を引き裂いた。

「あぐっ!!」

衣服が弾け、幼い柔肌が露わになる。

白く瑞々しい輝きを放っていたはずのそれはしかし、防御魔法で防ぎ切れなかったダメージによって赤く腫れ、血が滲んでいた。

「くっ……!!」

それでも、ティアナは止まらない。痛みを堪え、歯を喰い縛り、必死に足を前へと動かす。

「負けない……絶対に!!」

ブレードマンティスの鋭い鎌が、白い背中を斬り付ける。

ブラックウルフの鋭い牙が、細腕に食い込む。

ビッグボアの巨体が、小さな体を撥ね飛ばす。

アッシュの足に蹴られ、ひっかかれ、吹き飛ばされ、その圧倒的な力に蹂躙されて。その度に傷が増え土に塗れようと、それでもティアナは瞳の光を失わずに走り続ける。

「ぜーっ、はぁーっ、ぜーっ……!!」

たった三十秒が無限にすら感じられる、あまりにも一方的な攻防。

既に体も、それを覆う衣服もボロボロで、無事なところなどどこにもないほどに追い詰められたティアナは、大きく肩で息をしながら木にもたれかかっていた。

「まだ、まだ……!!」

もはや一歩も動けないほどに疲弊しながら、それでも尚時間を稼ごうともがく。

そんなティアナにトドメを刺さんと、アッシュは前足を振り上げて——ピタリと、動きを止めた。

「グ、オォ……ティア、ナ……！」

「っ、アッシュ!!」

震える体で必死に声を絞り出すアッシュの姿に、ティアナは体の痛みも忘れて駆け寄っていく。

死にかけの獲物がフラフラと動き出したのを見るや、他の魔物達が一斉に飛び掛かろうとする。

「来るなッ!!」

「っ!!」

その言葉は果たして魔物達に向けたものか、それともティアナに向けたものだったのか。

その場の全てが動きを止めた中で、アッシュはティアナへと語り掛けた。

「もうよい、ティアナ……我の体は既に、薬で汚染されきっている。助かる道など……ない」

「そんな……!!　そんなことない!!　ラル君の解析が終われば、アッシュを助ける方法だって……!!」

「解析は……既に終わっている。そうですな、ラルフ様……？」

「えっ……」

まさか、と目を向けてくるティアナに、俺は一つ頷いた。

少し前に解析は終わったんだが、アッシュの体を蝕む魔王の魔力は血液を媒介に全身に広がり、魂にすら根を張っている。

正直なところ、俺の力じゃお手上げだ。どうすることも出来ない。

素直にそう告げると、ティアナは「そんな……!!」と絶望的な表情を浮かべ、逆にアッシュは穏やかな笑みを浮かべた。

「ラルフ様、もう容赦はいりませぬ。これ以上トモダチを傷付ける前に、この言うことを聞かぬ体を介錯してくださらぬか……？」

「そんなの……そんなのダメだよ!!　諦めちゃダメ、きっと何か、何か方法はあるはずだから……!!」

「もうよい、よいのだティアナ……森の中で、ただ守護獣として先代から受け継いだ役割を全うすることしか知らなかった我に、トモダチが出来た……長年、夢想するばかりで対面することすら叶わなかったラルフ様に、正式に従僕にしていただけた……それだけで、十分だ……」

「そんな、そんなの……!!」

「くくっ、ティアナの体は温かいな……こうしてトモダチに寄り添われて逝くのも悪くない……」

ティアナが俺を抱いたまま、アッシュの体に縋り付く。

アッシュもまた、最期の別れを惜しむようにその鼻先をティアナに擦り付けている……が。

『お前ら、勘違いしてないか？　誰も助けられないいなんて言ってないぞ』

「「え……？」」

二人にそう告げるや、俺は土魔法でもう一度アッシュの体を拘束する。

少しキツイかもしれないが、施術中に暴れられても困るからな。

『確かに、アッシュの体は魔王の魔力で汚染されて、俺には手が付けられない。でも、それならなんで今になって正気を取り戻して呑気に喋っていられるんだ？』

「それは……」

そういえばなんでだ？　と言いたげに、アッシュが首を傾げる。

気付いてなかったんかい。

『俺の魔力じゃ、魔王の魔力に反発されてまともに干渉出来ないけど……どうもティアナの魔力ならほとんど抵抗なくアッシュの魂まで触れられるみたいだ。そのお陰で自我が呼び起こされて、一時的に影響が緩んでるんだろうな』

解析を終えた後、アッシュを解放する術を探っている中で、魔王の魔力が何度か弱まるタイミングがあった。

それは、アッシュがティアナを攻撃した時。ティアナが俺を守ろうと必死に高めた魔力に触れた時だった。

多分、ティアナの一切属性を持たない純粋な魔力が、魔王の魔力に反発されない唯一の〝属性〟なんだろう。そこに突破口はある。

『だから、ティアナの魔力と俺の魔法陣を組み合わせて、アッシュの中にある魔王の魔力を無属性に変換することで無害化する。他人の魔力、それも魔王のモンを変換するんだから、生半可な力じゃ無理だぞ。しっかりとティアナ自身の魂で魔力を練り上げて、ありったけを拳に乗せて一気に叩き込め。……出来るな？』

基礎理論は、魔法の花で遊んでいる時にある程度は教えてある。

後は、ティアナがそれをどれだけ覚えているか。そして、ぶっつけ本番でどれだけ再現出来るかだ。

「分かった。それでアッシュを助けられるなら……私、頑張る‼」

気合を入れるように拳を握り締め、ティアナの全身から魔力が溢れ出す。

まだまだ制御は甘いんだが、それくらいなら俺も手伝える。アッシュの拘束と並行して、魔法陣を形成。ティアナの魔力を注ぎ込み、新たな魔法を構築する。

「グ、オォ、オォォォ……⁉」

魔法発動前の余波だけで、早くも影響が出始めたのか。アッシュが苦悶の声を上げ、その場から逃れようと暴れ始めた。

土の拘束がギシギシと悲鳴を上げ、ビシリと一部に亀裂が走る。

「ラル君！　アッシュが……！」

『これでいい。大分深くまで汚染されているからな、そいつを無理矢理変換しようっていうんだ、多少苦しいのは仕方ない』

問題は、全部綺麗に変換しきれるかってところか。

ティアナの全魔力を懸けてギリギリってところだが……こればっかりは、ティアナの想いと魂の強さを信じるしかない。

『一気に行くぞ、やれティアナ!!』

「うん……!! お願い、アッシュ……元に戻ってぇ!!」

思い切り叩き付けられた拳から、ティアナの銀色の魔力が流し込まれる。

何者にもなれず、だからこそ何者にも拒絶されない純粋無垢な力の波動が、アッシュの魂にまで到達し、纏わり付く魔王の魔力と溶け合い、自らの色に染め上げていく。

これがティアナの、ティアナだからこそ使える唯一無二の魔法。

全ての魔力を無に帰し、魔法がもたらす効果そのものを消し飛ばす力。

属性変換魔法——

『《魔力零帰《ゼロリバース》》!!』

アッシュを縛める漆黒の魔力が、その色を失い霧散していく。

拘束を折り砕き、今にも逃げ出しそうだったアッシュの抵抗が徐々に弱まっていくのに合わせ、周囲にあれだけいた魔物達も同じように倒れ、その体をただの魔力へと回帰させていく。

思った以上に影響が大きいな。何にせよ、ティアナの魔力ももう限界だし、助かった。

「アッシュ……元に……戻った……？」

そして、それらの変化が完全に収まり、黒く染まっていた毛並みが元の白色を取り戻す頃には、アッシュの瞳にも、すっかり正気の色が戻っていた。

「ああ。……ありがとう、ティアナ、ラルフ様……心より礼を言う」

「えへへ……良かった……ぅ……」

『ティアナ!!』

アッシュの無事を確認するや、ティアナがその場に倒れ込む。

まずい、魔力がほとんど空の状態じゃ受け止めてやれない！

そう焦る俺の代わりに、アッシュが自らの尻尾でモフっとティアナの体を受け止めてくれた。

ふう、良かった。

『大丈夫か？』

「うん、私は平気……流石にちょっと、疲れたけど……」

『無理もないさ、あれだけ激しく戦った後に、全魔力使い果たしたんだから』

それに何より、体がもうボロボロだ。引き裂かれた服の隙間から血が滲み、見ているだけで痛々しい。

早く連れ帰ってやりたいけど、俺は魔力が残り少なくてやれることがほとんどないし、アッシュも魔力汚染の直後で余裕ないだろうし、どうしたもんか。

「ティアナ、先生ーー!!」

『その声……レトナか』

悩んでいると、崩れた土壁からレトナを始めとした冒険者達が次々とこの場にやって来た。

向こうは向こうで決着がついたんだな、良かった。

「おおっ⁉　フェンリルが元の色に戻ってる⁉」

「正気に戻ったのか、良かった」

「いや待て、ティアナ様、怪我してるのか⁉」

「な、なにぃ⁉　ティアナ様、大丈夫か⁉」

アッシュの傍でぐったりと横になったティアナを見て、冒険者達が情けなくも狼狽《うろた》える。

そんな彼らを、レトナが一喝して黙らせた。

「ええい、男が雁首揃えてオロオロとみっともないですわよ‼　ティアナ、治療しますわ、そのままじっとしてなさいな」

「えへへ、ありがとう、レトナ」

駆け寄ってきたレトナが、ティアナに治癒の魔法をかける。

みるみるうちに傷口が塞がり、元の白い肌を取り戻していくのを見てほっと息を吐いていると、そんなティアナの肌を隠すようにシーリャがカーディガンを羽織らせた。

うん、流石メイド、細かいところに気が付くな。でもお前、どこからそれを取り出したんだよ。

「申し訳ありません、今はこれくらいしかありませんでした」

「ううん、十分だよ、ありがとう」

ティアナがお礼を告げると、シーリャはペコリと一礼してレトナの一歩後ろへ下がっていく。

ちょうどそこで治療も終わったのか、少々疲れの滲む表情でレトナが魔法を終了させた。

「お疲れ様ですわ、ティアナ。先生も……まさかこの規模の魔物災害を実質一人で鎮圧してみせるなんて、思いもよりませんでしたわ」

『いんや、最後のあれはティアナの魔法だよ。俺はちょっくら手伝っただけさ』

「ええ⁉」

よっぽど予想外だったようで、目玉が飛び出るんじゃないかってくらい思い切り目を見開きながらティアナを見る。

そんなレトナの視線を受けて、ティアナは苦笑混じりに首を振った。

「ううん、結局最後まで、私は一人じゃ何も出来なかったよ。だから、今回もラル君のお陰だよ」

『確かに一人じゃ無理だっただろうけど、それは俺にとっても同じことだ。俺の力じゃアッシュは助けられなかったからな』

原因の解析も、そこからアッシュを解放するのも、ティアナの協力がなかったら出来なかったことだ。それも以前と違って、魔力さえあればいいというわけでもなく、ティアナだったから成し遂げられた。

だから。

『アッシュを助けたのはお前の力だ。そこはちゃんと胸を張れ、じゃなきゃお前自身の魂に失礼だ』

「私の、魂に……」

自身の胸に手を当てながら、ティアナは少しばかり何事かを考え込む。

やがて、何か自分の中で何か納得がいったのか、改めて俺の体を強く抱き締めた。

「ありがとう、ラル君。大好き！」

『はは、そうかそうか。俺も好きだぞ、ティアナ』

子供らしい、無邪気で真っ直ぐな好意の言葉に微笑ましさを覚えながら、労《ねぎら》うようにティアナの頭を撫でる。

少しばかり照れたように頬を赤らめ、気持ちよさそうに目を細めていたティアナだったが、やがてもう一度口を開いた。

「あのねラル君」

『ん？　なんだ？』

「ラル君言ってたよね？　魔法は魂の力、自分の願いとちゃんと向き合えば強くなれるって」

『ああ、言ったな』

それがどうした？　と問う俺に、ティアナは決意の籠もった表情を浮かべながら、ゆっくりと語り出す。

「私、もっと強くなりたい。魔法学園でいっぱい勉強して、いっぱい魔法覚えて……もっともっとたくさんの人を守れるような、立派な魔法使いになりたい！」

『そうか。何、大丈夫だ、ティアナなら絶対強くなれる。俺が保証してやるよ』

「えへへ……ありがとう」

傷は治っても相変わらず泥だらけな顔で、ティアナは笑う。

こうしてると、ニーミを教えていた頃のことを思い出すな。

あいつも、撫でてやると子犬みたいにまあ嬉しそうに笑ってくれたもんだ。いや懐かしい。

「それとね、もう一つあるんだ」

『もう一つ？』

「うん。私ね、魔法学園でいっぱい魔法を覚えたら、それでラル君の――」

「ふふふ、盛り上がってますねえ」

ティアナの言葉を遮って、突然男の声が割り込んで来た。

その場にいた全員が振り返ると、そこにいたのは全身を外套で覆った長身痩躯の男。

前回の、そして今回の魔物災害を起こした主犯と目される最重要人物。ガルフォード・ドランバルトだった。

「まさか、暴走したフェンリルを正気に戻すとは……この私も流石にこれは予想外、大変面白い見世物でしたよ。褒めて差し上げます」

パチ、パチ、パチと、静まり返った森に拍手の音がやたらと響く。

そんな中、真っ先に声を上げたのはアッシュだった。

「貴様……よくもぬけぬけとまた顔を出せたな……！」

『アッシュが知ってるってことは、こいつが？』

「ええ……こいつが我に薬を飲ませ、魔物災害を引き起こした元凶ですぞ!!」

アッシュの言葉を聞いて、冒険者達が一斉に武器を取る。

今にも飛び掛からんばかりの殺気の雨を受けながら、それでもガルフォードは悠々と笑みすら浮かべてみせた。

「おや、おかしなことを言いますね？　貴方自身が自ら飲み込んだのでしょう？　私はただ、運悪く落としただけですよ」

「そうするしかない状況にしておいて何を……!!」

『落ち着け、アッシュ』

ボロボロの体で立ち上がろうとするアッシュを宥め、落ち着かせる。

そんな状態で戦闘なんてやったら、体が持たないぞ。大人しく休んでろ。

「……ガルフォード様、貴方が何を企んでこのような暴挙に及んだのかは存じませんが……そのフェンリル、そして貴方子飼いのルーベルト親子も既に全てを自供しております。もう、ドランバルト家も貴方を庇うことは出来ないでしょう。貴方はもう終わりですわ、大人しくお縄についてくださいな」

いきり立つ面々を余所に、レトナが一歩前に出てそう宣告する。

元々容疑の目が向いていたところに、この状況。証拠も出揃い、言い逃れなんて不可能だ。

それなのに。

「クク、ククク……」

ガルフォードは、まだ笑っていた。

「もう終わりというには、少々早いですよレトナ・ファミール嬢……何せ、私の計画はまだ終わっていないのですから」

「何を言って……既にフェンリルも解放され、魔物災害は鎮圧されましたわ！　この状況から何が出来ると言うんですの⁉」

あまりにも余裕たっぷりなその態度に不気味さを覚え、レトナの声にも怯えの色が混じる。

そんな少女に……いや、この場にいる全員に向け、ガルフォードは高らかに宣言した。

「確かに、魔物災害は鎮圧されました。けれども、貴女達にとっての災害はまだ終わらない、なぜなら‼」

ゴウッ‼　と、辺りに一陣の風が吹く。

アッシュが解放されたことで撒き散らされた魔力が渦を巻き、ガルフォードが纏っていた外套が捲れ上がると――その下から、俺も見たことがない複雑怪奇な魔法陣が顔を覗かせる。

「貴女達も……このランドール領も、今日を以って滅びの時を迎えるからです。この私の手によって‼」

渦巻く魔力が、魔法陣に引き寄せられるようにガルフォードの体へと集まっていく。

みるみるうちにその存在感を増し、魔力が膨れ上がっていくその姿を見て、俺は思わず舌打ちを漏らした。

魔王薬の力を使った自己強化……こいつ……俺と同じことを狙ってたのか⁉

くそっ、魔力に干渉して妨害を……ダメだ、流れが強すぎて止められねえ‼

「ランドール領を滅ぼす⁉　貴方、気は確かですの⁉　そんなことをして一体何になると⁉」

「決まっているでしょう？　私の目的はね、〝力〟ですよ。全てを捩じ伏せ、この世の頂点に立つ者に相応《ふさわ》しい絶対的な力‼　単純な〝武力〟はもちろん、その先にある〝権力〟もね‼」

「っ、武力でどうやって権力を手にしようと言うんですの？　こんなことをしても、ドランバルト家当主の座は遠ざかるだけですわよ‼」

「ク、ククク……クハハハハ‼」

レトナの指摘に、なぜかガルフォードは笑い出す。

まるで意味の分からない反応にレトナの表情が強張る中、ガルフォードはくだらないとばかりに吐き捨てた。

「ドランバルト家当主の座？　そんな放っておいても手に入るもののために、こんな手間のかかることをすると本気で思っているのですか？　私が狙うのはもっと上。強さと名声の果てにある至高の称号……王家にも並ぶ絶対の英雄、〝聖人〟ですよ」

「は……はあ⁉　ふざけるのも大概になさいな！　こんなことをしておいて、聖人ですって⁉　本気でなれると思っているんですの⁉　言っていることとやっていることが滅茶苦茶ですわ‼」

あまりにも荒唐無稽なその野望に、レトナは驚愕する。

この流れで、まさかの聖人と来たか。流石にそれは予想の斜め上にも程がある。

だけど、言っている本人は大真面目なんだろう。圧倒的な力の奔流の中で、レトナの叫びを出来の悪い生徒の駄々のように哀れんでいた。

「滅茶苦茶だと思いますか？　ですが、如何なる悪行を重ねようと、たった一つ分かりやすい功績があれば、愚かな民にとってはそれで十分なんですよ。他ならぬ、ランドールの民がそれを証明しているじゃありませんか」

「一体、何の話を……」

「大賢者ラルフ・ボルドー。王国民、特にランドールの人間が大好きな魔王討伐の英雄、偉大なる聖人の一人。……ですが、本当に彼は聖人に相応しい人物だったのでしょうか？」

「……どういうこと？」

まさかの俺の名前の登場に、これまでずっと黙っていたティアナが問い掛ける。

ボロボロの体を押して立ち上がる少女を見て、新しい玩具を見付けたとばかりにその笑みを深くしたガルフォードは、勢い込んで語り出した。

「王宮や教会の高官と起こした暴力事件一八六件、神像や国宝、王城を含む器物損壊三七四件、禁術指定された魔法の無断実験、禁書の強奪、不法所持、不法侵入等々……私が調べた限りでも、彼が起こした事件は数知れず。極めつけは、当時エルフの里で世界樹を祀る巫女の一族として育てられていたニーミ・アストレアの誘拐!!　これによって、一時は王国とエルフの戦争にすら発展しかけたとの記述がありました」

ガルフォードの口から暴露された過去の行いに、俺は思わず顔を覆った。

いやうん、何一つ間違ってないわ。全部俺がやったことだよ、よく調べたなこいつ。

「これほどの罪状、普通ならとっくに処刑されていてもおかしくないでしょう。しかし、彼は処罰されるどころか、今や聖人として語り継がれ、さも何一つ非の打ち所のない英雄とされています。それはなぜか？　答えは簡単です、彼がそれ以上の功績を打ち立てたからに他なりません!!」

まるで舞台役者のように語るガルフォードの態度は気に入らないが、言っていることは何も間違ってない。

俺が何かをやらかす度、当時の国王やら騎士団長が気を回しては厄介な仕事を俺にやらせ、その功績と罪状を相殺させてくれていた。

あの頃は、アッシュと同等以上の魔物がゴロゴロいる危険地帯がたくさんあったし、他国との戦争だって頻繁に起きていたからな、功績作りには事欠かなかったんだ。迷惑かけてたのが権力者ばっかりだったこともあって、民衆からは義賊的な扱いをされたこともある。

「他の聖人にしてもそうです。巷で語られているほど、清廉潔白な人物など一人もいない!!　皆、その功績にばかり目を奪われ、その人物がどれだけ下劣な手で伸し上がったかなど知ろうともしない!!　だから……私も同じことをしようというだけです」

ガルフォードの体に集った魔力が、ドクンッ、と脈動する。

それはまるで、孵化の時を待つ雛のように。

新たなる脅威の誕生を宣告するかのように。

「ご心配なさらず、私は歴代の聖人より上手くやりますよ。不都合な目撃者はこの場で全員抹殺しますし、万が一多少の生き残りが出ても問題ないように、協力者に情報操作を任せてありますす。事の主犯はカンザス・ルーベルトだと広めるようにね。後は……」

ガルフォードが懐から取り出したのは、魔王薬の瓶。

その蓋を無造作に開け放つと、止める間もなく一息で飲み干してしまった。

「フェンリルを媒介に集めた土地の魔力、そして魔王薬の力……それらを私の中で結び付け、魔王の力をここに再現する。聖人ですら相討ちにしか持ち込めなかった最強の力をこの身に宿し、名実共に至高の存在へと至るのです!!」

ドクンッ、ドクンッと、魔力の胎動が大きくなり、ガルフォードの体を漆黒の魔力が覆い尽くす。溢れた魔力が地面に滴り、雷光纏う巨大なゴーレムを形作っていく。

一体一体がSランクにも匹敵する魔力を秘めた巨人が二体、三体と次々に増殖していく様は、集まった冒険者達の心を恐怖で打ち砕くには十分だった。

「これだけの力があれば、後は分かりやすい実績さえあれば簡単に聖人に認定されるでしょう。そうなれば、王女と婚約して王配となり、この国を牛耳ることも夢ではない。そしていずれは、私の力でこの世界の全てを支配してみせる!!　ククク……フハハハハ!!」

十体ほどにまで数を増やした雷の巨人を従え、ガルフォードが高笑いを浮かべる。

巨人達をも凌ぐその魔力は既に人の域を超え、魔王にすら匹敵する〝魔人〟と化していた。

レトナも、そしてアッシュすらも、もはやその力の前に怯え、膝を突くことしか出来ないでいる。

「一緒に、しないで」

ただ一人、ティアナを除いて。

「……今、なんと言いましたか？」

「あなたなんかと、ラル君……ラルフ様を、一緒にしないで」

ティアナも、怖くないわけじゃないはずだ。足は震え、元々ボロボロだった体は今にも倒れそうだ。

それでも……全身を蝕む恐怖に抗うように、一歩一歩大地を踏み締め、目を逸らすことなくガルフォードと対峙する。

「ラルフ様は……確かに、ずっと聞かされてたお話の人とは違ったかもしれない。口は悪いし、時々意地悪なこと言うし。でも……すごく、優しかったの」

俺の体を抱きながら、ゆっくりと紡がれるティアナの言葉。

そんな大したもんじゃないと、俺自身すらそう思っていても、それを遮ることは出来なかった。

「困ってるお父様を助けてくれた。何の取り柄もなかった私に、友達を守る力をくれた！　そんなラルフ様は、誰がなんと言おうと、私にとって誰よりもすごい〝聖人〟なの!!　自分が王様になりたいっていうだけの理由で、平気で人を傷付けて笑うあなたみたいな人と……一緒にしないで!!」

その小さな瞳に涙すら浮かべながら、必死に声を絞り出すティアナ。

全く、お前は……人が良すぎなんだよ、バカ。こんなロクでなしを指して聖人だなんて、持ち上げすぎだ。

「やれやれ、何も知らない愚民は呑気なことです。まあ、だからこそ簡単に騙せるというものですが」

そんなティアナを呆れの目で見やりながら、ガルフォードはこれ見よがしに顔を手で覆ってみせる。

まるで、躾のなってない家畜でも見下ろすかのように。

「守る力？　フェンリルどころか、その力の余波で生まれた魔物にすら嬲《なぶ》られる程度の力で何を吠えたところで、そんなものは負け犬の遠吠えですよ。愚かで何の力もない貴女のような人間は、大人しく私のような強者の言葉に従っていればいい。……ああ、その意味では、貴女に感謝もしていますよ、ティアナ・ランドール」

「えっ……」

思わぬ言葉に、ティアナが動揺を露わにする。

そんな姿を見て笑みを深めながら、ガルフォードは嬉々としてその理由を語り出す。

「貴女がフェンリルを殺すことなく、その体内魔力全てを無属性に変え、霧散させてくれたお陰で、私は想定よりよほど簡単に、より多くの魔力を取り込むことが出来ました。今、私がこれだけの力を得ることが出来たのは、貴女のお陰です」

「そ、そんな……！」

　嗜虐に歪んだガルフォードの言葉が、ティアナの心に突き刺さる。

　恐怖とは別の意味で震え始めた少女へと、こいつは容赦なく言葉の暴力を連ね続けた。

「貴女の言う〝守る力〟とやらのせいで、そこのフェンリルも、貴女自身も、そして貴女の愛する故郷すらも滅ぶことになる!!　どうですか、私という強者のために存分にその力を振るった気分は？　いやはや、本当に助かりました。礼を言いますよティアナ嬢!!　クク、クハハハハ!!」

「っ～～!!」

　ティアナの心を痛め付け、愉悦に浸る下衆野郎が、その腕を振り上げる。

　それに合わせ、雷の巨人もまたその拳を振り上げるが、ティアナの瞳にはもうそれすら映っていなかった。

「協力してくれたお礼に、せめてひと思いに殺して差し上げます。なに、心配はいりませんよ、貴女の家族も友人も、すぐにそちらに送って差し上げますからね……！」

　ティアナに向け、真っ直ぐに振り下ろされる雷の拳。

　冒険者達がティアナを庇おうと動き出すが、もう遅い。

　まともに動けない少女を叩き潰さんと、容赦なく迫るその一撃は——しかし。

「……え？」

ティアナの目前で、ピタリと停止していた。

「一体何が……なぜ動かないのです⁉」

突然制御を受け付けなくなったゴーレムに、初めて動揺の表情を見せるガルフォード。

ティアナの腕から飛び出した俺は、そんな彼の前に歩み出た。

『よお、ベラベラと長ったらしい御託は語り終わったか？　いい加減飽きてきたぞ』

「……何者ですか、お前は」

胡乱《うろん》な目で俺を見据えるガルフォード。

正直なところ、俺に関する言葉はティアナよりもこいつの言い分の方が正しいと思ってる。

俺みたいな自分本位な奴に、聖人の称号なんて過ぎた代物だ。

でも。

『ははっ、俺か？　俺はティアナの使い魔……いや……』

こんなにも俺を信じてくれてる女の子の期待一つ応えられないんじゃ、最強が聞いて呆れる。

だから。

『〝聖人賢者〟、ラルフ・ボルドーだ。少しばかり魔力が多くなったからってイキがってるクソガキを仕置きするために、三百年前から蘇って来てやったぞ』

さながら、神が発する光の輪のように、魔法陣の輝きを背負いながら。

俺は、そう名乗りを上げた。

「ラルフ・ボルドー……ククク、面白い冗談だ。まさかぬいぐるみにそんなことを言うセンスがあるとは思いませんでしたよ。……ただ」

くつくつと、俺の名乗りにひとしきり笑ったガルフォードは、スッと笑みを消し――ドス黒い魔力を全身から滾らせた。

「私をクソガキ呼ばわりしたことだけは許さん‼」

ガルフォードが、別のゴーレムを操作して殴りかかってくる。

それに対して、俺が軽く手を払うと、動きを止めていた最初のゴーレムがぐるりと体を回転させ、俺の盾となって立ちはだかった。

「くっ……私の魔法の制御を奪ったのか……‼」

『正解。いくら余り物の魔力だからって、制御が雑過ぎんだよ。介入してくださいって言ってるようなもんだ』

ゴーレム同士が互いの拳を打ち付け合い、鎬《しのぎ》を削る。

雷光を撒き散らしながら暴れる二体の巨人達を前に、ガルフォードはぎりりと歯を食い縛った。

「たかが一体制御を奪った程度で、いい気にならないことです……‼　こちらにはまだ、同じゴーレムが九体もいるのですから!!」

俺の制御下に入った一体のゴーレム目掛け、九体ものゴーレムが四方八方から殴りかかる。

袋叩きにされ、徐々にその体を砕かれていく姿を見て不安になったのか、ティアナが悲鳴染みた声を上げた。

「ラル君、このままじゃ……!!」

『心配するな、これくらい大したことないよ』

「でも……もう魔力もないのに……」

『確かに、ティアナの魔力がないのはキツいけど……それも平気だよ。こんな雑魚、辺りに撒き散らされた魔力の残滓だけで十分だ』

俺がそう言うと、ティアナは戸惑うように視線を彷徨わせる。

不安に揺れる幼い少女に、俺はあくまで不敵に笑った。

『信じてくれ、ティアナ。お前が信じてくれた俺のことを』

「……うん、分かった。ラル君、がんばれ!!」

ティアナの声援に応えるように、俺は腕を振り上げる。

すると、ちょうどそのタイミングで俺が操っていたゴーレムが砕け、雷光と土塊となって四散していった。

「ククク……誰が雑魚だと？　ぬいぐるみ風情が、いい気にならないでもらいたいですね……!!」

『そっちこそ、自分で作ったゴーレム一体壊すのに随分と時間がかかったじゃねーか。もしもの時のために合図一つで自爆する仕込みくらいしとけよ、弛《たる》んでんな』

「っ、減らず口を……!!　もう先ほどのように制御を奪わせるような失態はしない、叩き潰してくれる!!」

　裏切り者の破壊を終えた雷の巨人が、今度は俺を標的として見定める。

　一歩踏み締めるごとに大地を揺らし、緩慢な動きで迫るそれを見て溜息を溢しながら、俺は四散した魔力を集めて魔法陣を描き出す。

『ゴーレムを使うなら、せめてこれくらいの物を作ってからやれ』

　雷を氷に属性変換し、産み出したのは狼を象った氷のゴーレム。

　アッシュに似せて作った俺の僕《しもべ》は、生まれるや否や一瞬だけその姿をブレさせ──次の瞬間。

「なっ……!?」

　巨人の腕を食い千切り、雷光で出来たそれを氷の中に封じ込めていた。

『ただフワフワと魔力を形にして動かすだけの物をゴーレムとは言わん。使用目的に沿って魔力を練り上げ、魂を吹き込め。この程度も出来ないのか？』

「っ!!　こ、この……!!」

　怒りに任せて、ガルフォードが数多の巨人を操作する。が……その攻撃はあまりにも遅く、俺の作った氷狼を全く捉えられない。

　巨人の拳は掠りもせず、氷狼の一撃は着実に巨人の体を削り、打ち倒し、破壊していく。

『こんなもんか？』

「っ……‼　この、舐めるなよぬいぐるみが‼　私の本職は雷使いだ、ゴーレムなどオマケに過ぎん‼」

怒りのせいか、それとも身の丈に合わない魔力を身に宿しているせいか。徐々に口調が崩れてきたガルフォードが、俺に向けて魔法陣を展開、雷の槍を飛ばしてくる。

膨大な魔力に裏打ちされた、凄まじい威力の魔法。文字通りの雷速で迫るそれは、確かに生半可な魔法使い相手なら瞬殺出来る。

生半可な魔法使い相手なら、な。

『《返れ》』

簡単な言霊に魔力を乗せ、向かい来る雷魔法に干渉、その制御を奪い取る。

ぐるりとUターンした雷が、ガルフォードの背後にいた巨人の一体を刺し貫き、粉々に粉砕した。

「そんな、バカな⁉」

『気を付けてれば干渉されないとでも思ったか？　それとも、雷魔法の速度なら、干渉されるより早く俺を攻撃出来るとでも？　どっちにしろ、甘い』

魔王の魔力が無かったとしても、こいつの魔力量は元からかなり多かった。それも、雷属性なんて強力な適性を持ってたなら、大して努力せずとも、適当に魔法を撃つだけで大抵の相手は打ち倒すことが出来たんだろう。

でも、それじゃあ格下相手には強気に出れても、一流の魔法使いには通用しない。魔力も、その制御も、全てが穴だらけで雑過ぎる。

「ならば、零距離ではどうだッ‼」

バチン‼　と雷光を纏いながら、ガルフォードの姿がかき消える。

それに対して、俺は慌てることなく目の前に空間属性の壁を作り出す。

「ぐはぁ⁉」

雷速で自ら壁に突っ込み、激痛から地面をのたうつガルフォード。

雷魔法による高速移動は確かに速いが、人間に制御出来る域を超えてるからな。

魔法発動の予兆から来る場所を予想すれば、カウンターも容易だ。

「くそっ、くそっ……‼　なぜだ、なぜこの私がこうも一方的に……私は、最強の力を手にした筈……‼　ましてや、魔力すらも持たないぬいぐるみ如きに、なぜ……‼」

『その思い上がりが、お前の一番の弱さだよ、ガルフォード。さっきから俺が使ってる背中の魔法陣が何なのか、まだ気付かないのか？』

「なに……？」

戦闘が始まった時からずっと、俺が背負っている魔法陣。これは別に、ティアナの前でカッコつけたくてやってるわけじゃない。

俺に言われて、ガルフォードもようやくその正体に気付いたんだろう。怒りに震えながら声を荒らげる。

「貴様ぁ!! その魔法陣は、私と同じ……!!」

『そう。お前が魔王の力を再現するため、最初に披露してくれた魔法陣だ。こいつを使って、お前が扱いきれずに撒き散らした魔力を取り込ませて貰ってる。だから、魔力を作れないぬいぐるみの体でも、一人でこれだけ戦えるわけだ』

魔力をただ利用するのではなく、体内に宿し自らの物とする。

これまで散々扱き下ろしたけど、この部分についてだけは素直に称賛するよ。三百年前の俺でも、これを実現する魔法陣は作れなかった。

それこそ、本当に人の手で作られたものなのかどうか、少し怪しいくらいだ。

『お前の企みが、俺に新しい力を与えてくれたんだ。……〝礼を言いますよ、ガルフォード様?〟』

『っ……!!』

さっきティアナを煽るのに使っていた言葉をそっくりそのまま返してやると、ガルフォードは顔を真っ赤にして怒り狂った。

全身から魔力が撒き散らされ、揺らぐ大気が獣の咆哮のように鳴り響く。

「ふざけるなよ盗人がぁぁぁ!! 他人の魔力を使うことでしか戦えないぬいぐるみの分際で、どこまでこの私を虚仮《こけ》にすれば気が済むんだ!!」

叫びながら、ガルフォードが懐から新たな小瓶を取り出した。

魔王薬ともまた違う、中に入った真紅の液体を一息で呷ると同時、ただでさえ多かった魔力が一段と増幅され、嵐のように吹き荒れる。それに呑み込まれるように、残っていた巨人達が形を崩し、ガルフォードへと集まっていく。

雷が、土塊が、膨大な魔力が、ガルフォードを中心に新たな肉体を作り上げ、力だけでなくその姿形さえも人外のそれへと変貌を遂げる。

『もう、計画などどうでもいい……貴様は、貴様だけはッ!! 私がこの手で葬り去ってくれるッ!!』

怒りのまま、自身を巨大なゴーレムへと作り替えてしまったガルフォードは、撒き散らされた魔力を雷へと変え、狙いもロクにつけずに滅多矢鱈にばら撒き始めた。

あまりにも狙いが雑過ぎてどこに飛んでいくか分からないから、みんなを守るためにも全部防ぎ止めなきゃならない。面倒な。

全く……無意識にやってるんだろうけど、こういう嫌がらせの才能なら十分あるんじゃないか?

『他人の魔力で戦うことしか出来ない、か……まあ否定はしないよ。今の俺は、誰かの魔力を借りなきゃ魔法を使うどころか、自力で歩くことすら出来ない玩具だからな』

撒き散らされる雷を、空間魔法で次々と防ぎ、軌道を逸らし、集束する。

バチバチと閃光を撒き散らしながら一つに纏まった雷球を、そのままガルフォードの体へと叩き付ける。

『ぐっ……がぁぁぁぁぁ!?』

腕が吹き飛び、地面をのたうち回るガルフォード。

傷口から噴き出るのは液化した魔力で、血じゃあない。ってことは、本体はちゃんと無傷ってことだな。随分痛がってるけど、これで死ぬことはないだろう。

ただ、その代わり負傷部分にまた魔力が集まって、すぐに腕を再生させ始めた。厄介な。

『そうでなくとも、俺はあまり人様に自慢出来るような人生を送ってきたわけじゃないしな。魔法のこと意外はガサツで身の回りの世話だって弟子に任せっきりだったし、すぐ調子に乗って失敗するし……お前の言う通り、聖人には相応しくない、ロクでもない人間だったよ。でもな……』

そう、俺はランドール領で……この王国内の童話で語られているほど、清廉潔白な人間じゃない。

強さを求めて魔法を習得しても、それを見知らぬ他人のために役立てようなんて思ったことは一度もないし。ギャンブルにハマって、一晩で有り金全部溶かしてニーミに夜通し説教されたこともある。

そもそもニーミをエルフの里から連れ出したことだって……いくらあいつが望んだからって、もう少し上手いやり方があっただろうと、ニーミ本人にすら怒られちまったくらいだしな。

だから、俺自身が悪く言われたって別に構わない。だけど。

『ティアナを馬鹿にしたことだけは、許さねえ』

さっき作った氷狼のゴーレムを呼び戻し、属性変換。空間属性に作り替え、俺の腕に宿らせる。

徐々に形を変え、腕の先から伸びていくのは、世界を歪ませる次元の刃。あらゆる物を切断する、俺の切り札だ。

『ランドールの娘がなんだ……!! 奴こそ、貴様がいなければ魔法の一つもロクに使えぬ無能、ただの雑魚ではないか!!』

『そんなんだからお前は、〃ぬいぐるみ如き〃に負けるんだよ』

『っ、ぐあぁぁ⁉』

振るった腕に沿って空間が裂け、巨人と化したガルフォードの体を削り飛ばす。

削れた体を復元しようと再び魔力が集まっていくが、それを出来る限り魔法で妨害しながら次々と斬撃を放っていく。

『お前だって見てたんだろ? 魔法もロクに使えない体で、アッシュに立ち向かったティアナの姿を。俺ですら諦めかけたあの状況で、それでも僅かな可能性を信じてボロボロになりながら戦い抜いたあの子を見て、それでもまだお前は無能だって言うのか? ふざけんな!! 俺やお前なんかより、ティアナの方がずっと〃強い〃んだよ!!』

あの時見せたティアナの魂の輝きを、俺はこの先忘れることはないだろう。

単純な力だけが強さじゃない。決して折れない鋼の心、誰よりも優しく温かい魂の強さをティアナは持っている。

『お前に足りないのはまずそれだ、ガルフォード・ドランバルト!! いくら才能があったって、いくら魔王の力を手に入れたって!!　肝心の魂の強さがそれに伴わなきゃ、誰もお前の力を認めたりなんかしねえんだよ!!　支配者気取るのは千年早え、出直して来やがれ!!』

『っ……!!　黙れ、黙れ……!!　ぬいぐるみ風情が、この私に説教だと!?　ふざけるな、ふざけるな、ふざけるな……!!』

散々に体を削り落とされ、当初の半分以下にまで縮んだガルフォードの全身から、これまでの比じゃない膨大な魔力が溢れ出る。

俺の言葉を否定するように、見たくない現実から目を逸らす駄々っ子のように、ガルフォードは叫ぶ。

『私が、私こそが最強なんだ!!　父上でも、王族でも、ましてや貴様でもない!!　貴様を殺し、ランドール領を滅ぼして、それを証明してやる!!』

仮にそれが達成出来たとして、こいつが望む物は手に入らないだろう。その先にあるのは、世界が滅ぶか、こいつが滅ぶか、二つに一つの選択肢だけだ。

だからこそ。

『《轟雷魔砲《ライトニングブラスター》》ぁぁぁぁ!!』

ガルフォードがありったけの魔力を込め、雷の砲撃を撃ち放つ。

このまま放っておけば、俺やこの森はおろか、本当にランドールの町すら消し飛ばしかねない威力を秘めたそれに向け、俺は空間属性の刃をゆっくりと掲げる。

『仕置きの時間だ、クソガキ。歯ぁ喰いしばれ』

スッ――と刃を振り下ろすのに合わせ、雷がパックリと二つに分かれる。

不可視の斬撃はそのままガルフォードのもとまで届き、魔力に覆われた体を呑み込んでいく。

『そんな、まさか……私の最強の魔法が、こうも容易く……⁉　まさか、まさか……貴様は、本当に……⁉』

『《次元切断《ディメンジョンブレード》》‼』

周囲の空間ごと、巨人の体を細切れにする。

全ての魔力を寸断し、ただの人に戻ったガルフォードが、重力に引かれて落ちていく。

アッシュとの戦いで、この魔力の解析は済んでるからな。散々煽り倒して魂が魔王の力に呑まれないように気を遣ってやった甲斐もあって、どうにか分離に成功したみたいだ。

「どうして……私の……何が、間違っていた……」

地面に落ちたガルフォードは、それだけ呟いて意識を失った。

……取り敢えず、生きてるんならそれで十分だ。こいつにはまだ喋って貰わなきゃならないことが山ほどあるしな。

とはいえ、これで終わりじゃない。心の中に溜まったモヤモヤとした感情を振り払うように、俺は顔を上げた。

『仕上げだ』

巨人と化したガルフォードの体を切り刻んだことで、大量の魔力が行き場を失っている。それも、魔王に酷似した凶悪な魔力が。

これをこのまま放置するなんて勿体な……げふん、危ないし、ちゃんと処理する必要がある。

そこで俺は、ガルフォードが使っていた、魔力を取り込む魔法陣……を、少しばかり改良したものを使い、漂う魔力を俺の体に押し込めていく。

押し込め、押さえ込み、凝固させ——高密度の魔力の結晶体、魔物が体内に保有する〝魔石〟を生成する。

『よし、成功だ』

取り込んだ魔王の力が、確かに俺の中で形となって落ち着いたことを確認し、ほっと息を吐く。これで安心だ。

こうして、ランドール領を騒がせた一人の男の身勝手な野望は、誰一人失うことなく無事に幕を下ろすのだった。

エピローグ

ガルフォードやカンザスは事件の後、まずはランドール家が身柄を拘束した……扱いにして、そのままレトナ達の手でファミール家の名の下に連行していかれた。

尋問とか、ドランバルト家やルーベルト家に対する交渉なんかもあるし、お人好しのクルトじゃ荷が重いということらしい。

拘束したのはあくまでランドール家、という建前のために一時屋敷に連れて来られたんだが、魔王化の影響もあってか随分と老け込んでいたガルフォードの姿はなんとも哀れだったな。あれじゃあ二度と悪さも出来ないだろう。

『しかし、中々とんでもない事件だったな……』

そんな出来事があってから、しばらくの時が経ち。過去の記憶を振り返りながら、俺は独りごつ。

取り調べの末、ガルフォードは全てを白状した。

魔王薬や魔王化について研究する際、ガルフォードに協力した者達についていくつかおかしな供述があったらしいが、関係者を洗い出す中でいずれ分かるだろうという判断で取り調べも打ち切られ……最終的に、彼は家名剥奪の上僻地に追放処分となったそうだ。

事件の内容が内容だけに、この件については表沙汰にならず、あくまでドランバルト家管轄の一部地域を管理するという名目で飛ばされるらしい。多分、いずれは病死という扱いでひっそりと姿を消すことになるんだろうな。

封印されていた魔王薬を無断で持ち出し、これだけの事件を起こしたんだ。奇跡的に人的被害が無かったとはいえ、妥当なところではあるんだけど……やっぱり、少しだけ複雑な想いもある。

フェルマーの子孫を、この手で消したようなもんだしな。三百年も経って、何もかもあの頃とは違うんだって頭では分かってても、どこかやり切れない。

「ラル君、どうしたの？　何か心配事？」

そうして溜息を吐く俺のもとに、荷造りを済ませたティアナがやって来た。

心配そうにこちらを覗く碧の瞳に、大丈夫だと笑いかける。

『ティアナが何か忘れ物しないか、心配になっただけだ』

「もう、何それ。三回も確認したんだから大丈夫だよ！」

ぷくっと頬を膨らませながら抗議の声を上げるティアナに、俺は思わず噴き出した。

そう、今日はついに、ティアナが魔法学園入学のため、王都へと旅立つ日。

ランドール領とのお別れの日だ。

「ティアナ、馬車の用意が出来たわよ」

「はーい、お母様！」

サーナに呼ばれ、ティアナは俺を抱いて家の外へと向かう。

そこには、いち男爵家が持つには少々レベルの高い豪奢な馬車が待ち構えていた。

「来たかティアナ！　どうだうちの新しい馬車は、中々悪くないだろう？」

「おお～！」

自慢気に馬車を紹介するクルトに釣られ、ティアナが瞳を輝かせる。

豪奢と言っても、成金趣味のようなキラキラした感じではなく、素材の色を生かしたシンプルながら上品な見た目になっていて、クルトの言う通り中々悪くない。

「この人ったら、ティアナの晴れ舞台に粗末な馬車では格好がつかない～ってずーっと言っていたのよ。お金が戻ってきた時なんて、『もっと良い物にした方が……しかし時間が……』なんて夜通し悩んじゃって」

「サーナ、それは言わない約束だろう？」

少々情けない過去を掘り返され、クルトは困ったように笑う。

そう、ガルフォードが捕まったことで、ルーベルト子爵家に対して支払った賠償金は不当な物であると証明され、全額きっちり戻ってきたのだ。

この上、ドランバルト家からも息子の不祥事に対する迷惑料――という名の、口止め料だろう――を渡されているので、現在この家は貴族の基準からしてもちょっとした小金持ちになっている。

更に……。

「それに、うちも晴れて子爵になったんだ！　その分少しは見栄も張らないとな」

今回の不祥事の責任もあって、ルーベルト家は爵位を返上することになり、その領地が丸々ランドール領に組み込まれた。その結果、ランドール家はめでたく子爵に昇爵となったのだ。

貴族ではなくなり、借金のせいで財産らしい財産も持っていなかったカンザス一家は、本来ならそのまま路頭に迷うところだったんだが……ベリアルについて報告を受けたクルトが、彼やルーベルト家の家臣達を纏めて雇い上げ、ルーベルト領の統治を任せることにしたらしい。

流石に、まだ若いベリアルにそのまま丸投げというのは荷が重すぎるだろうから、クルトを頂点とした新体制が出来上がるまで大変だろうけど……せっかく再起するチャンスだし、しっかりと務めを果たして貰いたいところだ。

それから、カンザス達ルーベルト家以外にも、ガルフォードの野望に加担した家がまとめて処分されることになったんだが、その内容次第では他にもいくつか爵位が変わる家が出て来るかもしれないとのこと。なんとも大変そうな話だな。

「ラルフ様、ティアナも、もう行ってしまうのか？」

そんな明るいやり取りを交わす中、一人寂しげに声をかけるのは、ティアナの友達にして森の守護獣、アッシュ。

あの事件で負った傷もすっかりと癒え、ここ最近は毎日のように町に遊びに来ていたからな。ティアナがいなくなるのが寂しいんだろう。

「ごめんねアッシュ、夏季休暇でまた戻ってくるから。それまで、森や冒険者のみんなをよろしくね」

「ガウッ、任せるのである」

意外なことに、あんな一件があってもアッシュと冒険者達の仲は良好らしい。

あの時のアッシュの力は、通常時よりも高まってたからな。誰も死ななかったのは、アッシュが無意識の内にでも手加減してくれていたからだと、好意的に解釈してもらえたらしい。

同じように森に頼って生活する仲間同士、これからも上手くやって欲しいところだ。

「それじゃあティアナ、王都に行っても元気でな」

「ちゃんと定期的にお手紙書くのよ？」

「ガウ……必ずまた戻ってくるのだぞ！」

「うん、お父様もお母様も、アッシュも元気でね！」

最後に、ティアナはクルトに頭を撫でられ、サーナと抱き合い、アッシュの喉元を撫でて別れの挨拶を済ます。

魔法学園は全寮制。加えて今、ランドール家は急に所領が数倍に膨れ上がったばかり。ベリアルを始めとしたルーベルト家の元家臣達がいるといっても限度があるし、クルトやサーナはしばらく領地を離れられないとのこと。

だから、今回馬車に乗り込むのはティアナと俺、御者を除くと道中で食事の世話等をする使用人が少しだけ。かなりの少人数で王都に向かうことになる。

「ラルフ様、ティアナのことをどうぞお願いいたします」

『任せとけ。ティアナは俺がきっちり面倒見てやるから』

「ありがとうございます」

恭《うやうや》しく礼を取り、いつになく貴族らしい仕草で頼み込むクルト。

おかしい、いつもならここでテンションが振り切れて拝み出すのに。しかも、俺は今回の一件で、自分の正体がラルフだと明かしてしまっている。一応、あの場にいた冒険者達には口止めしたけど、いくらなんでもクルトがその情報を全く掴んでないなんてことはあり得ない。

こいつのことだから、てっきり今こそ全力で俺を祭り上げる時だと騒ぎ出すんじゃないかと、ここ最近はずっとヒヤヒヤしてたんだが。

……あれか？　クルトも子爵になって少しは落ち着きってものを覚えたのか？　だとしたら、こいつも成長したもんだ。

「お父様、お母様、アッシュ、またねーーー!!」

そんな一幕を経ながら、俺とティアナを乗せた馬車は屋敷を出発した。

門の外にはこの三ヶ月で見知った冒険者や町の人達が集まっていて、ゆっくりと進む馬車に向けて口々に別れの挨拶を投げかけている。

ティアナはかなり慕われてたしな、これだけ多くの人が見送りに来てくれているのは予想の範疇ではある……んだが。

『なあ、ティアナ』

「うん？　どうしたの、ラル君？」

『なんでこいつら、わざわざ俺を名指しにして別れを惜しんでんの？』

そう、なぜか集まった人達は、ティアナだけでなく俺個人に対しても、色々と声をかけてくれている。

俺がティアナの使い魔だから……にしても、少し大袈裟過ぎないか？　なんか泣いてる奴までいるんだが、ティアナがいなくなることに対して泣いてるんだよな？　なぜか俺の名前を連呼してるけど気のせいだよな？

それともまさか、冒険者連中が口止めを無視して俺の正体をベラベラ喋りやがったのか？　だとしたらあいつら、一回しばき倒さないといけないんだが。

「ああ、それならほら、ラル君が凄い派手な魔法を使いながら魔人を倒したから……町中に、『あの使い魔って実はラルフ様だったりするのでは？』って噂が広まっちゃって。『ラルフ様が悪人から町を守ってくれた‼』ってここのところ大騒ぎだったみたいだよ」

『待てティアナ、もはやツッコミどころが多すぎてどこから切り込めばいいのかすら分からないが、ひとまず何がどうなって俺に繋がったんだ？』

確かに、ガルフォードを倒した空間魔法は……いやそれ以前に、町中の魔物を一掃してみせたのは、ちょっとやりすぎだったかなとは思っていた。そのことについて聞かれるのが嫌で、ここ最近はランドール家の屋敷に籠もってたし。

だけど、ただ滅茶苦茶強いってだけで俺＝ラルフに繋げるのは無理があるだろ。どうしてそうなった。

「えーっとね……確か、最初は『あの使い魔は何者だ？』って話がいっぱい広がって、あちこちで議論が起こってたらしいんだけど……説明を求められたお父様が、そこで『これもラルフ様の加護である‼』って言っちゃったの」

おい待て、そこで出て来るのかクルト。というか俺の加護って、誤魔化し方が下手過ぎるだろおい。

「それで、『ラルフ様の加護なら仕方ない』がいつの間にか『ラルフ様なら仕方ない』になって、気付いたら『あのぬいぐるみはラルフ様らしい』に変わってたんだって」

『見事な伝言ゲームだなおい‼』

人の噂なんて尾ひれがついて当たり前だけど、なんでそこに背びれ胸びれまでやたらとつけまくった末に正解に辿り着くんだよ、おかしいだろ‼　つーかほぼクルトのせいじゃねーか、何してくれてんだあのバカは‼

「それでね、このままだとラル君が落ち着いて修行出来なくなるかもしれないからって、お父様がみんなの前で言ったの。『落ち着け皆、皆の気持ちはよく分かる。ラルフ様を崇め敬い感謝を捧げたい気持ちはよく分かる。ぶっちゃけると私も毎日祈りたい』」

『クルト自ら噂が真実だってカミングアウトしてるも同然じゃねーか‼』

話の途中だったけど、思わず突っ込んでしまった。

いや本当に、クルトは何をしてくれてんの⁉

「『だが、ラルフ様には使命があり、それを為すためには正体を隠さねばならぬと仰られた。ご本人様に直接祈ることは叶わぬのだ。故に‼　私は新たに編入された旧ルーベルト領に、ラルフ神殿を建てようと思う!!　あそこには採算が取れずに放棄された遊技場があるらしいしちょうどいい!!　だから皆、ラルフ様の正体は我々の胸の内に仕舞い込み、代わりに今この時を生きられる感謝をそこで共に祈ろう!!』って」

『本当に何やってんだあのバカはぁぁぁぁ!!』

見送りの時やけに大人しいと思ってたらそれが理由か!!　神殿を〝建てたい〟じゃなくて本当に建てる目処が立ったから、俺に反対されないように最後まで隠し通すつもりだったんだな!?


つか、どうでもいいけど声真似上手いなティアナ!!

『くそっ、こうしちゃいられん!!』

「ラル君どこ行くの？」

馬車の窓から飛び出そうとした俺を、ティアナが抱き留める。

どこって？　決まってるだろ！

『クルトのとこだよ！　ラルフ神殿なんてバカみたいな企み、潰さねーと!!』

「でも、それがないと町のみんなが黙ってないよ？　ほら」

ティアナが指差す先には、「ラル様ぁぁぁ!!」と雄叫びを上げる民衆の姿。

とっても熱狂的で、何なら今すぐ暴動を起こせるんじゃないかというくらい皆さん目が逝ってらっしゃる。

そして、そんな民衆の中心でこちらに向かって大きく手を振るのは、この騒動の元凶であるクルトだった。

「ラル様ぁーー!!　あなた様が戻ってくるまでに、必ずやこの領地を王国一の領地にしてみせます!!　そしていずれ、ラル様の名を世界中に知らしめてみせますので、それまで楽しみに待っていてくださいーーーー!!　これまでもこれからも、ラル様は我々のヒーローですぞーーー！」

大声で、子供のように無邪気に叫ぶその姿を見て、俺の脳裏にチリリ、とある映像がフラッシュバックする。

――いずれ僕も強くなります。強くなって、ラルフ様の名を世界中に知らしめてみせます！　僕を救ってくれたヒーロー、この世で最も偉大な魔法使いなのだと!!

『お前かぁぁぁぁぁぁ!!』

俺の知り合いの中で、ニーミ以上に俺に付き纏っていた貧民のガキ――ランダル。

魔物に襲われていたところを偶然保護して、適当に世話してやっていたんだが、あいつの顔がクルトと重なった。

あの頃とは身なりが違い過ぎて全然気付かなかったけど、よく見れば顔立ちなんかに少し面影が残ってる。

いや、そもそも面影どころか、言動すらあいつとほとんど変わってねえぞ。嘘だろおい。

『領主といい、領民といい、バカしかいないのかこの領地は……』

「みんなラル君のことが大好きなんだよ」

ティアナはそう言って笑っているが、みんな脚色されまくった俺の英雄譚があるから妙に好意的に解釈しているだけだろう。

……でも、そうだな。

三百年も経って、何もかも変わっちまったと思ってたけど……こんなくだらないことでも、変わらずに残っているものがあったと思うだけで、少しだけ救われたような気がした。

言ったらまたクルトが調子に乗るだろうし、絶対に教えてやんねえけどな。

「それに、ラル君は私がいないと魔力がもたないんでしょ？　一人で帰ったら戻ってこれなくなっちゃうよ」

『ふっふっふ、ところがどっこい！　俺はもうかつての俺ではないのだよ‼』

「？」

首を傾げるティアナに、元気を取り戻した俺は自分の体から黒く輝く宝石のようなものを取り出す。

ガルフォードとの戦いで手に入れた、魔王薬の魔力を凝縮した魔石だ。

『こいつはな、そこらの魔石とは訳が違うぞ。ガルフォードが使っていた魔法陣を刻み込むことで、俺の魂とリンクしてぬいぐるみの体でも生物と同じように魔力を生成することが出来る代物だ』

「つまり……？」

『俺はついに、自分で使える魔力の供給源を手に入れたってことだ！　これさえあれば、俺は単独でも問題なく活動可能になる!!』

くくく、思えば転生したら魔力を一切持たないぬいぐるみの体で、ただの野良犬相手にも何も出来ず、助けられてからもティアナがいなきゃ自由に外を出歩くのも難しかった。

それから苦節三ヶ月、ついに自分の魔力を手に入れた！　そう思うと中々感慨深い。

「そっか……じゃあ、ラル君に私はもう、必要ない、ね……」

その喜びを共有して欲しいと思ったんだが、ティアナはどうにも浮かない顔でしょんぼりと俯いてしまう。

全く、何言ってるんだか。

『この魔石はまだ試作品だから、自分の魔力って言っても日常生活を送るギリギリだよ。戦闘するにはまだティアナの魔力を借りなきゃ無理だ』

「それじゃあ、これからもまだラル君と一緒にいられるの？」

『ああ。つーか、魔力のことが無くても一緒にいるよ。ティアナのことはクルトに頼まれたし、それに……』

少しばかり間を空けて、言葉を選ぶ。

以前はなんと言い表せばいいか迷っていたけど、今ならちゃんと言える。

『ティアナは俺の相棒だからな』

「相棒……？」

『ああ』

転生するまでずっと、俺はいつでも一人で戦って来た。

一人で大抵のことはこなせたし、それでいいと思っていた。

でも、この体になって初めて、一人じゃどうにもならない状況に追い込まれた。

ティアナがいなきゃアッシュを助けられなかったし、もしあそこでアッシュを助けるために解析魔法をかけてなかったら、ああも完璧に魔人になったガルフォードを押さえられなかったかもしれない。

『ティアナと一緒なら、俺はもっと強くなれそうな気がするんだ。だから、これからもよろしく頼むぜ』

そう言って頭をポンポンと撫でると、ティアナはなぜかそのまま頭を押さえて震えだした。

いや、えっ、なんで⁉

『ど、どうした？　優しくやったつもりだったんだけど、痛かったか？』

「ううん、そうじゃないの。まさか、そんな風に言ってもらえるなんて思わなくて……」

慌てる俺を、ティアナは思い切り胸に押し付ける。

少しばかり苦しいんだが、それだけティアナが喜んでくれているんだと思うと怒る気にはなれない。

「ありがとう、ラル君。私、もっと頑張るね。魔法学園でいっぱい勉強して、ラル君の相棒だって胸を張って言えるくらい強くなる！」

『おう、その意気だ』

今はまだ、魔法をほとんど使えず何かと未熟さが残るこの子も、魔法学園に入って本格的に習えばずっと上達するはずだ。

その魂の輝きに実力が伴った時、この子がどんな成長を見せるのか……今から楽しみだな。

それに負けないように、俺も頑張らないと。差し当たり、ニーミに会って前世の力を取り戻す相談からかな。

『しかし、学園と言えば……』

「うん？　どうしたの？」

『ほら、ガルフォードとの戦いの前にもティアナ、今と同じこと言ってただろ？　強くなって友達や領のみんなを守りたいって。あの時、もう一つ何か言いかけてたけど、あれは結局何だったのかと思ってさ』

その後に起こったことが衝撃的過ぎて、俺もほとんど忘れかけてはいたけど、確かにあの時何かを言いかけていた。

ティアナ自身特に触れようとしなかったし、もしかしたらそこまで重要な話じゃないのかもしれないけど……少しばかり気になったのだ。

「ああ、それなら……」

なんだそのことかと、ティアナは小さく微笑んだ。

少しだけ照れたように顔を赤くした少女は、俺の頭を撫でながらその目標を語る。

「私、ラル君の体を作ってあげたいなって」

『俺の？』

「うん。ラル君、ご飯も食べれないし、夜は眠れないし、動く時も不便そうで、色々と大変そうだったから……ラル君がまた普通の人と同じように、色んなことをいっぱい楽しめるように、ラル君の新しい体を作ってあげたい」

思いもよらなかった目標に、俺は空いた口が塞がらない。

ティアナ、お前……そんなこと考えてくれてたのか……！

「どんな姿がいい？　やっぱり今が子熊さんだから、大人の熊さん？　少し変えて、白熊さんもいいよね」

『待てティアナ、体ってそっち⁉』

「えっ、違うの？」

きょとん、と首を傾げるティアナ。

うん、そういえばこの子はそういう子だったよ。基本的にただ優しい子なのに、そのセンスだけどっか変なんだよなぁ。

「えっと……やっぱり、魔法も全然使えない私がこんな目標、変だったかな……？」

頭を抱えていると、ティアナの表情が不安の色で曇ってしまう。

それを見て、体の形でとやかく言うなんて今更かと思い直した俺は、なんでもないと首を横に振る。

『ちっとも変じゃないよ、ありがとな、ティアナ。でも、そうだな……そしたらいつか、二人で一緒にあちこち旅行してみるか。ティアナに俺のこと散々運んで貰った分、俺の力で色んなとこへ連れていってやるよ』

「えへへ……うん！　約束だよ！」

そう言って、俺達は指切り代わりの握手を交わす。

人造人間……でもないかもしれないけど。魔法による生命体の創造なんて、俺が目指していた魔力を取り戻すこととは訳が違う。今まで誰一人として成し遂げたことのない、前人未到の偉業だ。きっとティアナはまだ、そのことすら知らないだろう。

でも、それでいい。ティアナが目指すと決めたなら……この子ならきっといつか、そんな不可能も可能に出来るかもしれない。

もしそんな未来が訪れるなら、それまでは俺が、しっかり見守ってやらないとな――

そんな風に、小さく笑みを浮かべながら。俺達を乗せた馬車は一路、王都へ向けてゆっくりと進み続けるのだった。

◇

ランドール領から少し離れ――

王国西部を牛耳るドランバルト家は広大な領地を保有しており、領都だけでもその面積は広大だ。

昼も夜も関係なく多くの人々が行き交い、数多の金と物がやり取りされるこのような場所では、どれだけ領主が善政を布いたところで、役人の目が届かない場所というものが生まれてしまう。

たとえば、狭い路地の奥。

たとえば、貧民達が身を寄せ合い、掘っ立て小屋が乱立して生まれた貧民街。

たとえば――都市の拡張に合わせて放棄された、廃教会など。

「例の件、首尾はどうだった？」

そんな寂れた教会の中に、一組の男女の姿があった。

一人は、見上げるような大男。凡そ三メートルにも迫ろうかというその体躯は、もはや人間の域を超えている。

否――事実その体には、人間には決してあり得ない特徴があった。

黒い肌に、額から伸びる一本角。俗にオーガと呼ばれる魔物の一種だ。

しかし、オーガと呼ぶにはあまりにも理性的なその言葉遣いは、姿さえ隠せば誰もが人間だと言われて納得してしまうことだろう。

「そうね、半々と言ったところかしら？　ガルフォードの魔人化には成功したようだけれど……倒されてしまったわ」

オーガの問いかけに答えるのは、一人の少女。

黒髪黒目、黒いドレスに身を包み、夜闇そのものを体現するかのように真っ黒な出で立ちのその少女もまた、人の身にはあり得ない尻尾のようなものがスカートの裾から覗いている。

そんな少女の報告に、オーガの男は「ほう」と興味深そうに目を見開く。

「失敗でも成功でもなく、半々……それも、魔人化まで成功しておきながら倒されただと？　一体何があったんだ？」

「それがね、おかしいのよ？　ぬいぐるみに倒されたんですって」

「はぁ……？」

何の冗談だ？　と半目の男に、少女はあくまでもクスクスと笑う。

どうやら嘘を吐いているわけではないと気付いた男はしかし、尚の事分からないと首を捻る。

「一体何なのだ、そのぬいぐるみとやらは」

「ふふ、驚かないでよ？　なんとあの三百年前の大賢者、聖人ラルフ・ボルドーの転生体なんですって」

「はぁ!?　ラルフ・ボルドーだと!?」

今度こそ本気で驚愕を露わにする男に、少女はただ可笑《おか》しそうに笑い続ける。

「本当なのか？　奴は魔王様の手で葬られたはずでは」

「どんな魔法を使ったのかは分からないけれど、復活していたようね。不完全とはいえ、魔人化した人間を殺すことなく解放してみせたのだから、よほど当人と見て間違いないでしょう。あんな芸当が出来る人間がそうそういては敵わないわ」

あ、今はぬいぐるみだったわ。と、その滑稽な姿を思い出したのか、少女はまたも笑い出す。

こいつ、ずっと笑ってるな……と男は内心やや呆れるが、今はそれよりも重大な事実がある。

「クソッ……魔王様の復活もまだだというのに、奴が出てくるとは！　どうする、相手は三百年前、歴代最強とも言われた魔王様と互角にやり合った化け物だ、計画を練り直した方がいいんじゃないか？」

「ふふふ……いいえ、大丈夫よ。世界の理《ことわり》として復活が確定している魔王様と違って、彼はあくまで人間ですもの、転生なんて無理があったんでしょう。ぬいぐるみになった今の彼にはロクな魔力がないわ。他人の魔力を利用して上手く戦っているようだけれど、全盛期の力の半分も発揮出来ないでしょうね」

「半分か……いやしかし、その状態で魔人を倒したのは事実なのだろう？　警戒はするべきではないか？」

「あらあら、随分と弱気じゃない？　あなたらしくもないわね」

「お前こそ、忘れたのか？　これは我が一族の……いや、全ての魔族が三百年がかりで進めてきた計画だぞ。慎重になって当然だ」

「ふふふ、そうね、そうだったわ」

男の言葉に、初めて少女はその表情を引き締めた。

魔王は、一代限りの存在ではない。その魂に刻まれた呪いにも似た魔法により、幾度も転生を繰り返してこの世に生まれ落ちる、全ての魔物達を統べる絶対の王だ。

しかし三百年前、ラルフ・ボルドーとの戦いによって魔王は倒され──その上、殺されることなく封印されてしまった。これにより、転生するはずの魂すら異次元に囚われたまま抜け出せなくなり、新たな魔王誕生の兆しすら見えない。

その封印を打ち砕き、魔王の完全復活を目指す──それが、彼女達の計画だった。

今回、ガルフォードの内に秘めた野心を刺激し、彼の行っていた魔王薬の研究を少しだけ後押しすることで魔人化を促したのも、その一環。封印を解いた魔王の魂を受け入れる、新たな器を作るためのものだった。

残念ながら、それはラルフの働きで失敗に終わってしまったが。

「魔王様のお力で、魔物でありながら人と並ぶ知性を与えられた私達魔族……この三百年間、人にその存在を気取られないよう隠れ潜んで暮らして来たけれど、それももう終わり。ラルフ・ボルドーの手で再復活の機会すら奪われてしまった魔王様を私達のもとに取り戻す。その時こそ、この地上を支配する人間どもに代わり、私達魔族が世界を手に入れる。ええ、忘れていないわよ」

憎しみすら宿る瞳で虚空を見つめ、少女は語る。

人にとって、魔物などただの害獣に過ぎない。それは知性を得、明確な自我を持つに至った魔族相手だろうと同じことだ。

故にこそ、魔族には魔王が必要なのだ。

人を滅ぼし、魔族達の楽園をこの地上に作り出すためにも。

「ならば……」

「でも、さっきも言った通り大丈夫よ。他者の魔力を利用しなければ戦えない相手なら、他者の魔力を利用出来ない状況に追い込めばいいだけなんだから。それよりも……目下最大の脅威は、そのラルフ・ボルドーが残した王国最強の魔女、ニーミ・アストレアよ」

心配性な男に問題ないと断言しつつ、少女はもう一つの脅威について口にする。

ラルフのたった一人の弟子であるニーミは、彼が施した封印魔法について知る数少ない人物の一人。故に、その封印に何かあれば、真っ先に気付くであろうことは想像に難くない。

「力を失ったラルフ・ボルドーと違って、あの魔女は今まさに全盛期と言わんばかりの強さがある。私達の計画が勘付かれれば、間違いなく厄介な存在になるでしょうね」

「ならば、どうする?」

「あら、決まってるじゃない」

もう一度、少女は嗤う。

その見た目の通り、暗く沈む闇を湛えた瞳のまま、その目標を口にした。

「ニーミ・アストレアにはこの世から消えて貰うわ。それが魔王様復活計画の第一段階よ。さあ……向かいましょう、王都へ」

あとがき

初めましての方は初めまして、ジャジャ丸です。この度は『史上最強の大賢者、転生先がぬいぐるみでも最強でした』をご購入いただきありがとうございます。

私実は『転生したらスライムだった件』の大ファンでして、その生みの親とも言えるＧＣノベルズさんからこうして本を出させていただけるなんて、まさに夢のようです。

ワクワクドキドキいっぱいの転スラに夢を貰った一人として、同じように少しでも多くの人に夢と希望を与えられたらなと、そんな想いで書き上げたのが本作になります。

転生によってぬいぐるみとなり、力を失った大賢者ラルフと、魔法が使えず落ちこぼれと蔑まれた少女ティアナ。そんな二人が笑顔いっぱい、元気いっぱいに突っ走るお話になっておりますので、あとがきから読まれている方はどうぞ本文もお楽しみください。

そして既に本文を読まれたという方、いかがだったでしょうか？　編集さんからは幾度となく「敵をもっとムカつく奴にしましょう！」と言われ続け、ムカつく奴ってなんだ⁉　と頭を捻りながら、よしクレ○マン様をモチーフに書いてやろうと生まれたのが本作のラスボスになります。

書き上げた直後、編集さんには「これはムカつきますね！」とお墨付きを貰えたのですが、私はと言えば「バ、バカな！　ク○イマン様がムカつくだと⁉　あの小物界の大物的愛されキャラがムカつくなんてそんなはずは……いやいやっぱりムカつくかもしれない」と一人悶々としていました。我ながらアホ丸出しですが、お陰で大分味のあるキャラになったと思います。さあ、クレイ〇ン様が誰か分からない？　そんなあなたは今すぐ転スラを読むべきです。さあ読みましょう！　そして一緒にリムル様を崇めましょう‼　（露骨なダイマ）。

さて、出来ればもっと転スラについて語りたいのは山々なのですが、あまりやると編集さんに怒られそうなので程々にしておきます。

ここからは謝辞です。

私を拾い上げてくださった編集のI様、本当にありがとうございます。この本を書き上げるまでに山ほど受けたダメ出しの全てが私にとってはどれも貴重な経験でした。

途中からお力添えいただいた担当のN様も、こまめな連絡大変助かりました。

最高に愛らしいイラストを描いてくださったわたあめ様。ふわっとした私のイメージを伝えられていなかった部分まで形にしていただいたお陰で、キャラクター達により一層の輝きが生まれました。

また今作の執筆に辺り私の背中を押してくださった師匠の鬼影スパナ先生に、職場の同僚。Ｔｗｉｔｔｅｒで知り合った多くの作家先生方。それに何より、ここまで私を育ててくれた両親。この本を形にするまでに、本当に多くの方の支えがありました。

皆さん、本当に本当にありがとうございます。ここまで来れたのは皆さんのおかげです。

それではまた、次巻でお会いできる日を楽しみにしております。

GC NOVELS

史《し》上《じょう》最《さい》強《きょう》の大《だい》賢《けん》者《じゃ》、転《てん》生《せい》先《さき》がぬいぐるみでも最《さい》強《きょう》でした 1

2021年8月7日　初版発行

著者
ジャジャ丸《まる》
イラスト
わたあめ

発行人
子安喜美子
編集
伊藤正和／並木愼一郎
装丁
横尾清隆
印刷所
株式会社エデュプレス
発行
株式会社マイクロマガジン社
〒104-0041　東京都中央区新富1-3-7　ヨドコウビル
［販売部］TEL 03-3206-1641／FAX 03-3551-1208
［編集部］TEL 03-3551-9563／FAX 03-3297-0180
https://micromagazine.co.jp/

ISBN978-4-86716-164-7　C0093

本書は小説投稿サイト「小説家になろう」（https://syosetu.com/）に掲載されていたものを、加筆の上書籍化したものです。

ファンレター、作品のご感想をお待ちしています！

〒104-0041 東京都中央区新富1-3-7 ヨドコウビル
株式会社マイクロマガジン社　GCノベルズ編集部
「ジャジャ丸先生」係「わたあめ先生」係

二次元コードまたはＵＲＬ（https://micromagazine.co.jp/me/）を
ご利用の上、本書に関するアンケートにご協力ください。

●ご協力いただいた方全員に、書き下ろし特典をプレゼント！
●スマートフォンにも対応しています（一部対応していない機種もあります）。
●サイトへのアクセス、登録・メール送信時の際にかかる通信費はご負担ください。